W0344059

Veronika Engler

Dark Room of Love

Erotic Romance

Impressum
1. Auflage 2017, München (Germany), Veronika Engler,
Triester Str. 52.

Facebook:
https://www.facebook.com/VeronikaEnglerRomane/?ref=bookmarks
Amazon: https://www.amazon.de/Veronika-Engler/e/B00OJ5BHUE/ref=sr_tc_2_0?qid=1475339631&sr=8-2-ent
Instagram:
https://www.instagram.com/veronika_engler.autorin/

Lektorat: Dorothea Kenneweg
Coverdesign: Marie Graßhoff
Titelbild: Unter Verwendung von Bildmaterial von shutterstock.

ISBN: 9781520706795
Imprint: Independently published

Veronika Engler wurde 1982 in der wunderschönen Landeshauptstadt München geboren.
Auch heute lebt und arbeitet sie dort zusammen mit ihrem Ehemann und dem gemeinsamen Sohn.
Die Liebe zum Lesen brachte sie eines Tages auf die Idee, einen Roman ganz nach Ihren Wünschen zu verfassen. So entstand 2014 ihre erste Liebesgeschichte, die noch im selben Jahr veröffentlicht wurde. Heute begeistert sie mit ihren erotischen Liebesromanen eine breite Leserschaft in allen Altersklassen 18+.
Dark Room of Love ist der vierzehnte Roman der Autorin.

Willkommen im Dark Room.
Betreten auf eigene Gefahr!
Mach dich bereit für das Abenteuer deines Lebens …

Ihren neunundzwanzigsten Geburtstag feiert April im "Rooms", dem verruchten und derzeit angesagtesten Club in L.A.
Ihren Freunden – und sich selbst – will sie beweisen, dass sie sehr wohl richtig Spaß haben kann. Heißer Sex mit einem Unbekannten? Das klingt doch aufregend. Auch um ihre biedere Schwester June zu provozieren, kauft sie sich ein Ticket für den Dark Room.
Und tatsächlich: Dort wartet ein erotisches Erlebnis der Extraklasse auf sie.
Da ist es ja fast schade, dass sie den geheimnisvollen Unbekannten, der sie zu ungeahnter Ekstase
treibt, nie wiedersehen wird.
Oder etwa doch?
Als sie am nächsten Tag an ihrem Arbeitsplatz am Filmset erscheint, wo der neueste Psychothriller mit Adam Mars in der Hauptrolle gedreht wird, realisiert sie, dass sie ihren dominanten Liebhaber aus dem Dark Room doch besser kennt als gedacht.

Knisternde Romantik und ein Hauch von Schicksal

Für Cornelia Reiter.
Danke für deine Herzenswärme …

Prolog
April

„Happy Birthday!", jubelte es mir entgegen, als die Uhr von Sonntag Mitternacht auf Montagmorgen umschlug. Das letzte Jahr Schonfrist hatte für mich in diesen Sekunden begonnen, denn nun war ich neunundzwanzig. *Neunundzwanzig!* Wo war nur die Zeit geblieben? Es war allgemein bekannt, dass man als Frau bis zum dreißigsten Geburtstag seine Schäfchen im Trockenen haben sollte. *Nicht mit mir.* Ich hatte nichts übrig für gesellschaftliche Zwänge und galt daher seit jeher als das schwarze Schaf der Familie.

Gut, meine Familie war mittlerweile reichlich überschaubar und bestand gerade einmal aus fünf Leuten, mich inbegriffen. Zusätzlich sollte ich erwähnen, dass es sich bei den restlichen vier nur um meine fünf Jahre ältere Schwester June, ihren Ehemann Phil, sowie ihre beiden reizenden Söhne Bill, neun Jahre, und George, elf Jahre, handelte. *Reizend, wenn man ein Faible für schlechtes Benehmen und sonstige Frechheiten hat.* Denn meine beiden Neffen waren das, was man allgemein als terrorisierende Horrorkinder ohne Maß und Verstand bezeichnen würde.

Wie gesagt, ich selbst war niemals die Vorzeigetochter gewesen, ganz im Gegensatz zu meiner Schwester. Meine Eltern, die vor zwölf Jahren gestorben waren, wären stolz auf sie und hätten sie sicher gelobt für ihr perfektes bürgerliches Familienleben.

Ich dagegen stand auf Tattoos, dunkle Kleidung, lebte auch sonst eher immer am Rand der Gesellschaft und, wie June es nennen würde, des guten Geschmacks. Dennoch hätte ich an ihrer Stelle dieser personifizierten Teufelsbrut gut und gerne einmal die Meinung gegeigt.

Aber zurück zum Anfang. Ich hatte also in den Augen meiner Schwester, die schon seit Jahren meinte, die Mutterrolle auch für mich übernehmen zu müssen, nur noch ein Jahr Zeit, mein Leben ins Reine zu bringen. *Ins Reine dahingehend, was sie als gut und richtig empfindet.* Doch einen langweiligen Ehemann zu heiraten, nervige Kinder großzuziehen und zur Vorstadtmami mit schlechter Einheitsfrisur zu mutieren, klang alles andere als reizvoll für mich. *Dann doch lieber lange, glatte Haare mit dichtem Pony im Gothic-Style, dunkle Klamotten, Tattoos und Make-up*, dachte ich nebenbei zufrieden.

Meine beste Freundin Melly und ihr Bruder Calvin waren da schon wesentlich unkomplizierter gestrickt. Genau genommen war es auch die Idee der Zwillinge gewesen, mit mir heute in meinen Geburtstag hineinzufeiern, und das im besten Club der Stadt, dem Rooms.

Das Rooms bestand, wie der Name schon sagte, aus verschiedenen Ebenen, in denen man nach Herzenslust abfeiern konnte. Dort war garantiert für jeden Geschmack etwas dabei. Ganz gleich, ob man sich wie wir im Hard-Rock- und Heavy-Metal-Bereich aufhielt oder gar auf Country stand. Hier kam jeder in seinem ganz speziellen Party-Raum auf seine Kosten. Sehr zum Leidwesen von June, die ich selbstverständlich auch zu meiner Geburtstagsparty eingeladen hatte. Denn ich war mir sicher, dass sie sich in ihrer feinen, hellen Bluse hier reichlich unwohl fühlte. Andererseits wollte sie sicherlich auch nichts verpassen, denn ihre unbefriedigte Neugier würde sie ansonsten wohl um-bringen. Daher passte ihr Mann, Officer Philip Harris, heute brav auf seine Söhne auf, während Mama den Ausflug in die Innenstadt von L.A. wagte.

Wie dem auch sei, wenigstens Melly, Calvin und ich hatten unseren Spaß, während wir einen Tequila nach dem anderen kippten und uns über den einen oder anderen Möchtegern-Tänzer lustig machten. June war, was sie immer war: die Spaßbremse hoch zehn. Dabei hatte ich doch nicht grade wenig vorzuweisen. Klar, ich war keine Vorstadt-Hausfrau und auch keine Mutter, dennoch konnten sich meine Referenzen auch mit nun neunundzwanzig Jahren durchaus sehen lassen.

Immerhin hatte ich es geschafft, mich in den letzten Jahren bei einer der größten Filmproduktionsfirmen zur Chef-Requisiteurin hochzuarbeiten. Meine Arbeiten waren zwar nicht immer konventionell, doch gerade dadurch hatte ich mir im Bereich Thriller und Horrorfilm einen guten Namen gemacht.

Das regelmäßige Einkommen ermöglichte mir auch, dass ich ein kleines, aber feines Appartement Downtown L.A. mein Eigen nennen konnte. *Ist das etwa nichts?* Außerdem gab es meiner Meinung nach kein höheres Gut als die absolute Selbstständigkeit. Ich brauchte keinen Mann, der für mich den Lebensunterhalt bestritt, und konnte jeden Abend mein Fernsehprogramm – und noch vieles mehr – selbst bestimmen. *Warum also etwas aufgeben, mit dem ich absolut glücklich bin, nur weil meine scheinbar perfekte Familie einen anderen Weg für geeigneter hält? Eben.*

Wie dem auch sei, ich lebte mein Leben und sie ihres und ich hatte nicht die Absicht, so schnell etwas daran zu ändern. *Neunundzwanzig oder nicht.*

Mit fortgeschrittener Stunde und sich parallel steigernder Ungeduld von June kam das Gespräch einmal mehr auf mich und meinen aktuellen Auftrag. Natürlich hatte ich stets viel zu erzählen, dennoch musste ich auch aufpassen, nicht zu viel auszuplaudern, schließlich war es nicht im Sinne der Produktionsfirma, dass ich streng gehütete Geheimnisse ans Tageslicht brachte. Trotzdem brodelte natürlich die Neugier bei meinen Freunden, wenn es um die Stars und Sternchen ging, mit denen ich zu tun hatte, wenn auch nur am Rande. Erst diese Woche hatte ich mit den Vorbereitungen für einen neuen Thriller begonnen. Allerdings war es nicht der Film an sich, der das Blut meiner lieben Freunde und insgeheim vielleicht auch das von June in Wallung brachte. Nein. Ihr Hauptaugenmerk lag sicherlich auf Adam Mars, dem aktuellen männlichen Hauptdarsteller in unserem nächsten Film „Ladykiller".

Adam Mars war der aufsteigende Star am Schauspielerhimmel und der feuchte Traum vieler Damen, egal welchen Alters. Dabei war er eigentlich nicht die Art von Mr. Nice Guy, den die Frauen für gewöhnlich anhimmelten. Ganz im Gegenteil. Klar, er sah gut aus, jedoch eher ungewöhnlich mit seinen Tattoos, den dunklen Haaren und den stechend blauen Augen. Außerdem war er weder nett noch sympathisch. Nicht am Set, oder in der Öffentlichkeit. Adam Mars machte keinen Hehl daraus, dass er sich wohl für etwas Besseres hielt, und befand es auch nicht für nötig, sich vor der Presse freundlich und diszipliniert zu geben. Wenn ihm etwas gegen den Strich ging, dann ließ er es sein Gegenüber auch unmittelbar spüren. Und da er offenbar generell etwas gegen den Ansturm der Fans hatte, war er die meiste Zeit eben schlecht gelaunt. *Ein arroganter, aufgeblasener und selbstverliebter Arsch*, wie ich fand.

Aber all das schien die Damenwelt nicht im Geringsten zu stören und je schlechter er sich benahm, umso mehr lagen ihm gerade die weiblichen Fans zu Füßen. Daher wunderte es mich nicht, dass meine Arbeit für seinen neuen Film auch heute, auf meiner Geburtstagsparty, zur Sprache kam. *Eigentlich wundert mich eher, dass es so lange gedauert hat*, überlegte ich lächelnd, als Melly damit herausrückte, was ihr auf den Nägeln brannte.

„Und, wie ist er so?"

Ich stellte mich dumm, obwohl ich natürlich sehr genau wusste, wen meine beste Freundin meinte.

„Wer?"

„Ach, April. Jetzt hab dich nicht so. Adam Mars natürlich, oder gibt es aktuell einen heißeren Mann in deinem Umfeld?" Calvin stieß seine Schwester liebevoll von der Seite an.

„Also, ich darf doch sehr bitten. Oder willst du etwa damit sagen, dass er mir das Wasser reichen kann?", entgegnete Calvin gespielt pikiert.

„Selbstverständlich nicht, Brüderchen. Bitte verzeih. Wenn du der Damenwelt zur Verfügung stehen würdest, wärst natürlich du der heißeste Typ am Single-Himmel. Und wenn du nicht zufällig mein Bruder wärst …", fügte Melly noch rasch hinzu.

Damit gab sich Calvin zufrieden, denn es war kein Geheimnis, dass er offiziell am anderen Ufer fischte.

„Schon besser. Wobei ich zugeben muss, dass ich Adam Mars wohl kaum von meiner Bettkante schubsen würde, wenn ihr versteht, was ich meine."

Die Augen meiner Schwester wurden mit jedem Satz größer.

Ich war mit den Zwillingen bereits seit jenem Tag befreundet, als deren Eltern ins Nachbarhaus gezogen waren.

Damals, als meine Schwester und ich in Kindertagen noch zusammen unser Elternhaus bewohnten, das June, Phil und die Kinder nun als ihr alleiniges Domizil nutzten. Natürlich hätten sie mich niemals offiziell des Hauses verwiesen, doch als sich die Hochzeit mit Phil und auch schon das erste Kind anbahnten, hielt ich es für besser, schleunigst auszuziehen. Damals war ich gerade achtzehn geworden und froh, endlich das Vorstadtleben und die ständigen Kontrollen meiner Schwester hinter mir lassen zu können.

„Ach, den meint ihr. Na ja. Ihr kennt ja meine Meinung über selbstverliebte Schauspieler und meine Meinung über Adam Mars hat sich in den letzten Tagen nicht gerade verbessert, um es mal vorsichtig auszudrücken", gab ich nach langem Zögern zu.

„Nicht dein Ernst. Du willst mir also weismachen, dass du ihn nicht zum Anbeißen findest?", entgegnete Melly entsetzt. June enthielt sich der Stimme und ich war froh darüber. Andernfalls wäre das Ganze wohl wieder in eine Endlosdiskussion über meine Berufswahl ausgeartet. Stattdessen war sie angestrengt damit beschäftigt, nicht zu sehr in Kontakt mit anderen Gästen zu kommen, während wir plaudernd um einen der runden Tische saßen, die sich im Hard-Rock- und Heavy-Metal-Room befanden. Weder mit einfachen Blicken wollte June belästigt werden oder gar, viel schlimmer, angetanzt von derart niederer Gesellschaft, die sich nach ihrer Meinung hier tummelte.

„Nein, das finde ich nicht. Wahrscheinlich würde ich mich ohnehin nur an seiner arroganten Art vergiften", witzelte ich wahrheitsgemäß. Ja, ich hatte keine hohe Meinung von Mr. Mars und die würde sich so schnell wohl auch nicht ändern.

„Auch nicht für einen kleinen, unverbindlichen One-Night-Stand?", ergänzte Calvin auf typisch freizügige Art.

„Nicht mal dann. Leute, nur weil ich keinen Ehemann vorweisen kann, muss ich doch noch lange nicht jeden Typen anfallen, der mir unter die Augen kommt, oder?"

Kaum zu glauben, dass Junes Augen noch größer werden können, ging es mir belustigt durch den Kopf.

„Das nicht. Aber ein wenig Spaß würde dir schon gut tun, Süße." Calvin liebte es, mich dahingehend zu provozieren.

Spaß? Ich habe doch Spaß. Wo und wann immer ich will. Und das ist doch die Hauptsache, oder? Aber wann wollte ich denn wirklich mal hemmungslosen Spaß haben? *Gute Frage.* Die späte, oder sollte ich besser sagen, frühe Stunde und sicherlich auch der Tequila brachten mich ins Grübeln. Ich lebte für meine Arbeit, klar, aber wann hatte ich mir tatsächlich einmal etwas richtig Sinnfreies nur für mich gegönnt? *Erst letzte Woche, als du eine ganze Packung „Ben & Jerrys"-Eis komplett alleine geleert hast*, erinnerte ich mich schmerzlich, denn danach war mir unglaublich schlecht gewesen. Das war ein Spaß. *Oder nicht?* Melly fühlte sich offensichtlich veranlasst, die umschreibenden Äußerungen ihres Bruders noch etwas zu verdeutlichen. Sie nannte die Dinge beim Namen.

„Sex, Süße. Calvin spricht von Sex."

„Ach, wirklich? Ich dachte, er redet von einer großen Packung Eis."

Melly runzelte die Stirn, denn natürlich verstand sie meinen Insider nicht.

„Schon gut. Nicht so wichtig", antwortete ich rasch, ehe ich auch noch dazu genötigt wurde, meine kleine Kalorien-Sünde zu beichten.

„Ich meine ja nicht, dass du ständig und überall mit jedem x-beliebigen Typen in die Kiste springen sollst. Aber ein kleiner Fick ab und zu kann wahre Wunder bewirken. Und es entspannt."

Das war der Moment, in dem June endgültig die Kinnlade herunterklappte.

„Das ist nicht euer Ernst, oder? Hört mal: Ihr seid alle Ende Zwanzig. Trotzdem benehmt ihr euch wie unreife Teenager", gab June aufgebracht zum Besten.

„Ja, das sind wir. Aber im Gegensatz zu dir sind wir weder blind noch tot", entgegnete Calvin gewohnt unzensiert, was uns jedoch wieder einige Schweigeminuten von June bescherte. *Und dass Calvin es nicht so genau nimmt mit seinen Liebschaften, sollte inzwischen auch sie bemerkt und auch akzeptiert haben*, dachte ich wenig mitfühlend. Außerdem war June derart von sich überzeugt, dass es für mindestens zehn Frauen reichte. Da brauchte sie meine Unterstützung nicht. Vielmehr grübelte ich immer noch über Calvins Bemerkung.

„Ich bin nicht verklemmt, wenn du das meinst. Wahrscheinlich arbeite ich einfach nur zu viel", versuchte ich mein angekratztes Ego etwas in Schutz zu nehmen, während wir eine neue Runde Tequila ordnungsgemäß mit Zitrone und Salz verzehrten.

„Okay, Süße. Dann beweis es", forderte mich Calvin heraus, wofür er sich von Melly einen neuerlichen Seitenhieb einfing.

„Calvin, hast du sie noch alle?"

Doch er ging nicht weiter darauf ein.

„Was, jetzt?", kam es mir über die Lippen, ehe ich es hätte verhindern können. Calvin zuckte nur unschuldig mit den Schultern.

„Warum nicht? Du bist heiß, du bist sexy, und wie ich gesehen habe, ist heute ordentlich Frischfleisch deiner

Liga anwesend." Mit meiner Liga meinte er schlicht und ergreifend, dass es Hetero-Männer waren.

Eigentlich hatte ich nicht die Absicht, mich provozieren zu lassen. Doch alleine die Tatsache, dass ich mich, nicht mehr ganz nüchtern, plötzlich sehr beschwingt fühlte und zusätzlich auch June gerne schockierte, trieb mich zu der folgenden Aussage, die ich sicherlich morgen schon bitterlich bereuen würde.

„Also gut. Dann werde ich mir jetzt eine Karte für den Dark Room besorgen und für dich hoffen, dass sich ein scharfer Typ darin befindet. Anderenfalls mache ich dich einen Kopf kürzer, Calvin Smith, verstanden?"

Ungläubiges Kopfschütteln von June.

„April, du kannst doch nicht …? Das wirst du nicht tun. Setz dich auf der Stelle wieder hin."

Immer ganz die bevormundende Ziehmutter.

„Siehst du, was du angerichtet hast", kam es von Melly, gefolgt von bewunderndem Applaus Calvins, während ich die letzten Tropfen aus meinem Glas leckte und mich in Richtung Tresen begab, um besagtes Ticket zu holen.

Was auch immer heute Nacht hier geschah, damit läutete ich mein neues Lebensjahr ein und ich konnte nur hoffen, dass es ein gutes Omen dafür darstellte. *Auf in eine neue Ära …*

Kapitel 1
April

Mit meinem Ticket in den Händen begab ich mich in den hintersten Raum des Clubs. Den Dark Room. Jenes Zimmer, das viele Sagen und Mythen umgab, da nur wenige es bisher von innen gesehen hatten. *Vor allem niemand, den ich kenne*, dachte ich nervös. Doch ich würde mich nicht einschüchtern lassen. Nicht jetzt, da ich derart wagemutig vor meiner Schwester und meinen besten Freunden auf den Putz gehauen hatte.

Der Dark Room war die Art von Ort, die man allgemeingehalten für Blind Dates nutzte. Allerdings handelte es sich dabei nicht um ein Blind Date im klassischen Sinne, denn wer diesen Raum betrat, hatte nur eines im Sinn: Hemmungslosen und einvernehmlichen Sex. Praktisch ein One-Night-Stand, ohne das Gegenüber zu kennen. *Genau genommen kann man den zufälligen Partner noch nicht einmal sehen.* Wenn also im Laufe eines Abends mindestens zwei gleichgesinnte Besucher ein Ticket kauften, dann wurde der Raum geöffnet und für diese Personen reserviert. Das Ticket bestand jedoch nicht, wie üblich, aus Papier. Stattdessen handelte es sich um eine kleine, runde Plastikscheibe, in die ein LED-Licht integriert war. Solange das Birnchen rot leuchtete, gab es noch keinen potentiellen Partner. Grünes Licht hingegen bedeutete, Bühne frei für alle, die bereit waren, eine kleine, unerhörte Sünde zu begehen.

Insgeheim hatte ich immer noch ein wenig gehofft, dass sich für heute Nacht niemand anders meldete, außer mir, . Somit würde ich nicht als Feigling dastehen, könnte den Fehler, den ich im Begriff war zu begehen, jedoch noch abwenden. *Pustekuchen.* Bereits bei Aktivierung meines Moduls leuchtete mir das kleine grüne Licht entgegen, schien mich auf grausame Weise zu verspotten. *Selbst schuld …*

Also stapfte ich tapfer weiter in Richtung Dark Room und passierte einen gigantisch muskulösen Sicherheitsmann, dem ich mein Ticket vorzeigte, während von der lauten Musik aus den anderen Ebenen allmählich nur noch ein entferntes Wummern der Bässe zu hören war. Schließlich blieb ich vor einer schwarzen, lederbezogenen Tür in einem spärlich beleuchteten Flur stehen, auf der deutlich die Worte „Dark Room" zu lesen waren. Darüber prangte als Mahnmal meiner Dämlichkeit eine weitere grüne Lampe, die mich und die Umgebung in ihren farbigen Schein tauchte. Sollte ich es wirklich riskieren und mich auf dieses Abenteuer einlassen? *Warum nicht? Schließlich habe ich, bis auf das kleine bisschen Selbstachtung, ja nichts zu verlieren, oder?*

Ein letztes Schulterzucken und schon öffnete meine Hand besagte Tür mittels einer goldenen Klinke, ohne dass ich noch hätte protestieren können. Entgegen meiner Erwartungen, ich würde sofort am Ort des Geschehens landen, befand sich dahinter erst einmal so etwas wie ein Vorraum. Ebenfalls in sehr dezentes Licht getaucht. Zwei entgegengesetzte Pfeile an der Wand wiesen den Weg zu je einer Umkleidekabine. Rechts ging es zu den Damen, links zu den Herren. *Aha!*, war das Einzige, was mir hierzu durch den Kopf ging.

Ich wandte mich also nach rechts und entdeckte dann neben der Umkleide, die nur mit einem Vorhang verdeckt werden konnte, noch ein Schild mit entsprechenden Instruktionen:

Willkommen im Dark Room.
Entdecke das Ungehörige.

Sämtliche Kleidung, mit Ausnahme des bereitgestellten Bademantels, ist verboten.
Es ist nicht gestattet, eigene Leuchtmittel mit in den Raum zu nehmen.
Keine Handys.
Rauchen verboten.
Keine Tiere.
Altersvorgabe: Ab 21 Jahren.
Haftung durch den Betreiber (Rooms) ausgeschlossen.
Nutzungsdauer: Maximal eine Stunde.
Kondome findest du in der Umkleide.

Betreten auf eigene Gefahr!
Und nun mach dich bereit für das Abenteuer deines Lebens …

Das waren ja ordentlich viele Vorgaben dafür, dass ich mir im Grunde nur aus einer Laune heraus ein Ticket für diese Sex-Höhle geholt hatte. *Oder aus Trotz. Sag es doch einfach, wie es ist, April*, schalt ich mich selbst. Verstohlen warf ich einen Blick in Richtung Herrenkabine, doch der Vorhang war offen. Möglicherweise war mein Partner noch nicht da? *Vielleicht wartet er aber auch schon ungeduldig auf dich, während die Uhr zu ticken beginnt? Verdammt!* Irgendwie ging ich mir mit meinen Grübeleien schon selbst auf die Nerven. Wenn ich es nicht gewollte hätte, dann hätte ich mir eben kein Ticket holen dürfen. *Ganz einfach!*

Ich trat also hinein in die Umkleidekabine und zog den Vorhang vor. Drinnen fand ich, wie angekündigt, einen schwarzen Bademantel in passabler Größe sowie ein Tellerchen mit diversen Sorten von Kondomen vor. *Mit Noppen, extra groß, ohne Noppen, mit Erdbeergeschmack, leuchtend … Leuchtend? Nicht euer Ernst.*

Da ich ein Faible für enge Korsagen im Gothic-Stil hatte, die ich ansonsten bei der Arbeit nicht offensichtlich tragen konnte, dauerte es einige Minuten, bis ich mich aus all meinen Klamotten geschält hatte. In meiner Nervosität landeten sie auf dem Boden, was ich jedoch gekonnt ignorierte. Mit einem Anflug von Bedauern legte ich auch die aufwendig gestaltete Korsage ab, die gleichzeitig mein Oberteil darstellte. Ein letzter Blick in den Spiegel, der sich seitlich in der Kabine an der Wand befand, und rein in den Bademantel. *Als ob ER dich im Dunkeln überhaupt sehen könnte*, zog ich mich selbst auf. Trotzdem war ich insgeheim froh, dass ich stets auf eine glatte Rasur meines Körpers achtete.

Vorsichtig schob ich den Vorhang einen Spalt breit beiseite und linste hinaus. Wieder niemand zu sehen. Ich konnte nur hoffen, dass das Personal wirklich akribisch darauf achtete, dass nicht plötzlich eine Gruppe angetrunkener Kerle hier einfiel. Allerdings war dies nicht zu erwarten, beruhigte ich mich, denn auch ich hatte ja den Türsteher passieren müssen, ehe ich mich in den Flur zum Dark Room begab. Schnell grapschte ich mir noch blind eine Handvoll Kondome und stopfte sie in die Tasche des Bademantels. *Sicher ist sicher.*

Anschließend schlüpfte ich, ähnlich wie es eine Geheimagentin machen würde, hinaus, und landete schließlich vor dem Gate zum eigentlichen Dark Room. Dabei drängte sich plötzlich ständig jene Melodie aus dem Film Mission impossible in meinen Kopf, die mich oft schon zuvor als Ohrwurm gequält hatte. *Wobei der Name des Films irgendwie schon sehr gut zu dir und deinem dämlichen Einfall passt*, gab ich mir erneut eine gedankliche Ohrfeige. *Augen zu und durch!*

Und schon öffnete sich die Doppeltür langsam, wie von Geisterhand, zu mir hin. Den Gedanken an mögliche Kameras, die eine zeitgenaue Steuerung der Tür ermöglichten, verdrängte ich in diesem Zusammenhang schnell und effektiv. Direkt dahinter befand sich zusätzlich ein dicker, zweigeteilter Samtvorhang, den ich durchschritt. *Die achten hier wirklich sehr genau darauf, dass niemand in das Innerste des Raumes sehen kann. Wahnsinn.*

Tiefste Dunkelheit hüllte mich ein, verschlang mich bis auf den letzten Rest, als ich Schritt für Schritt den Dark Room betrat, dessen Pforten sich ebenso automatisch wieder hinter mir schlossen. Drinnen vermochte ich nicht einmal mehr die eigene Hand vor Augen zu sehen, und für einen kurzen Moment durchflutete pure Angst meinen zitternden Körper. Ob vor Aufregung oder vor Kälte? Ich wusste es nicht.

Der Boden fühlte sich angenehm warm unter meinen nackten Füßen an, sogar ein wenig weich. Jedoch nicht wie ein weicher Teppich, sondern eher wie eine dünne Matte aus zartem Velours, die bei jedem meiner Schritte minimal nachgab. Bisher konnte ich niemand anderen im Raum ausmachen, weder durch Geräusche, noch durch Bewegungen. Kein Lufthauch war zu spüren. Aber wahrscheinlich würde ich ihn auch nicht hören, derart laut rauschte pulsierendes Blut in meinen Ohren. Am Rande meinte ich, leise Musik ausmachen zu können, als mich plötzlich eine Stimme aus meinem sinnesberaubten Zustand riss. Lediglich zwei Worte benötigte mein Gegenüber, um meinen Körper dazu zu bewegen, sich gegen eine Flucht und für das Unbekannte zu entscheiden: „Komm näher!“

Dabei war es genau die Mischung aus Befehlston und samtiger Männerstimme, die sich ihren Weg sofort durch mein Ohr bis tief in mein Innerstes bahnte. Immer weiter wagte ich mich in die allumfassende Dunkelheit hinein, ohne zu wissen, was, oder besser gesagt, wer mich erwartete. Leider hielt mich mein Gegenüber buchstäblich im Dunkeln und so tappte ich blind weiter, bis aus dem anfänglichen Katz-und-Maus-Spiel plötzlich Ernst wurde.

Starke Arme umgriffen mich von hinten. Dabei hätte ich schwören können, dass ER sich vor mir befand. Noch ehe ich reflexartig schreien konnte, hatte sich auch schon seine große Hand über meinen Mund gelegt, während mein Rücken sich an seine Brust schmiegte. Beinahe bewegungsunfähig fixiert, atmete ich panisch stoßweise ein und aus. Doch noch etwas anderes regte sich ganz deutlich in mir. *Genau gesagt, in tieferen Gefilden*, was ich nicht gänzlich ignorieren konnte. Die dominante Berührung des Fremden ließ meinen Körper schon jetzt erregt erbeben, jagte einen aufgeregten Schauer durch all meine Nervenenden. *Zumindest erwartet niemand von dir, dass du etwas sagst*, dachte ich positiv, denn ich hätte vermutlich nicht ein Wort über die Lippen gebracht.

Ich wusste nicht, wie lange wir fest aneinandergepresst dastanden, bis ich schließlich das Gefühl hatte, mein Herz würde allmählich zu seinem normalen

Tempo zurückfinden. Beinahe schien es, als ob es im Einklang mit dem Herzen des Fremden an meinem Rücken schlagen würde, so als ob dessen Rhythmus es stetig weiter beruhigte. Nach dem plötzlichen Überfall konnte ich langsam meine anfängliche Panik abschütteln und mich wieder auf unser gemeinsames Ziel konzentrieren. Vorsichtig löste der Fremde seine Hand von meinem Mund, als keine Gefahr mehr bestand, dass ich den gesamten Laden hier zusammenschrie. Anschließend lockerte er auch seinen Schraubzwingengriff um meinen Brustkorb. Auf paradoxe Weise fühlte ich mich dadurch keineswegs erleichtert, sondern eher traurig und verlassen. *Was ist nur mit dir los, April? Ich erkenne dich gar nicht wieder.*

Geschickte Hände fanden ihren Weg zu meinen Schultern, schoben den weichen Kragen des Bademantels darüber, wodurch sich gleichzeitig der Gürtel löste. Geschmeidig glitt das letzte Stückchen Stoff, also das Sinnbild für meinen Verstand und vielleicht sogar meine Würde, zu Boden und auf meine Füße. In diesem Moment wusste ich, ich war plötzlich zu allem fähig.

Wir sprachen kein Wort, denn das war auch nicht nötig. Allein die Tatsache, dass wir beide ein Ticket für diese absurde Welt der Lust besaßen, bezeugte unser stummes Einverständnis in vollem Maße. Immer noch stand ich, ihm den Rücken zugewandt, zitternd vor meinem Unbekannten. Als er mich erneut näher an seine Brust heranzog, konnte ich deutlich spüren, dass er den Bademantel abgelegt hatte. Seine warme Haut war wie ein Feuer, das meine Seele mit seinen Funken unmittelbar erwärmte.

Zielsicher fanden seine Hände meinen Schoß, während zarte Lippen meinen Hals liebkosten. Als sich sein bereits erregter Schwanz nah an meinen Po presste, konnte ich mich eines leisen Stöhnens nicht mehr erwehren. Lange, geschickte Finger massierten meine gierige Mitte, während seine harte Männlichkeit sich gleichzeitig von hinten zwischen meinen Beinen rieb. Und ohne dass ich darüber nachgedacht hatte, griff meine rechte Hand nach unten, um seinen Schwanz dort zu berühren. Ich wusste nicht warum, doch hier in der absoluten Dunkelheit, irgendwo gefangen zwischen Zeit und Raum, konnte ich mich ganz und gar fallen lassen, ohne dass störende Zweifel oder Gedanken mich daran hinderten. Hier gab es nur ihn und mich, ohne Bereuen oder Blick in die Zukunft. Mir war klar, dass ich nichts mehr wollte, als mich dem Fremden hinzugeben, nach allen Regeln der Kunst.

Sein einnehmend berauschender Duft vernebelte mir die Sinne. Eine Mischung aus purer Männlichkeit und erfrischender Meeresbrise, die ich wohl nie wieder vergessen würde. Spielerisch erkundeten meine Finger anschließend seinen muskulös definierten Körper, bis er mir schließlich gestattete, mich endlich zu sich umzudrehen. *Wow!* Und obwohl ich ihn nicht sehen konnte, hatte ich dennoch bereits eine sehr genaue Vorstellung davon, wie mein Gegenüber aussah. Groß, stark und natürlich attraktiv. Was ich jedoch sicher wusste, war, dass er auf ein gepflegtes Äußeres Wert legte. Keine störende Haare und ein betörender Geruch sprachen sehr dafür. Dabei konnte ich noch nicht einmal sagen, ob es sich dabei um eine Art Parfum oder einfach seinen ganz persönlichen Duft handelte. Wie auch immer, ich konnte nicht genug davon bekommen. *Süchtig innerhalb von Sekunden nach dem Duft eines fremden Mannes? Du wirst wirklich immer merkwürdiger, April*, schalt ich mich selbst, während ich innerlich nur noch den Kopf schütteln konnte. Dann durchbrach er plötzlich die Stille und seine warme Stimme floss erneut direkt in mein Herz.

„Du wirst tun, was ich von dir verlange, denn die Softie-Nummer ist nicht mein Ding.“ Das war keine Frage, lediglich eine Feststellung und vielleicht so etwas wie die letzte Chance, noch einen Rückzieher zu machen, ehe ich mein Schicksal in die Hände eines Fremden legte. Zu meinem eigenen Entsetzen bewegte ich mich nicht von der Stelle. Der Fremde wartete noch wenige Sekunden ab, ehe das Spiel richtig begann.

Jetzt lauf schon, dumme Kuh! Das ist die letzte Gelegenheit.

Ich blieb.

Seine Hände glitten sanft, jedoch bestimmt über meine Hüften zu den Pobacken, bis sie anschließend fest zugriffen. Am liebsten hätte ich dieser kleinen Grobheit durch einen kleinen Schrei empört Ausdruck verliehen, doch ich hielt mich zurück. Seine zarten Lippen, die sich in einer Spur aus Küssen ihren Weg über meinen Hals bis hin zu meinen Brüsten bahnten, stellten den krassen Kontrast zu den starken Fingern dar, die sich immer noch unnachgiebig in mein Fleisch bohrten.

Es fehlte nicht viel, und ich würde bereits jetzt vor ihm in Lust und Hingabe vergehen. Die Küsse des Fremden gingen in kräftiges Saugen an meinen bereitwilligen Nippeln über und die Wärme seines Mundes jagte ziehenden Lustschmerz durch meine kalte Haut. Nur allzu gerne hätte ich erneut nach seinem Schwanz gegriffen und mir genommen, wonach ich mich sehnte. *Danach, endlich wieder von einem richtigen Mann in purer Leidenschaft ausgefüllt zu sein.* Allerdings war ich mir bis vor wenigen Minuten noch nicht einmal darüber bewusst gewesen, wie sehr mir dies gefehlt hatte.

Stattdessen fügte ich mich dem Liebesspiel des Fremden und genoss, was er mir zu bieten hatte: die Möglichkeit, mich in seinen starken Armen bis zur Ekstase fallen zu lassen. Immer heftiger knabberten und saugten seine Lippen an meinen Nippeln, bis diese ganz heiß von der köstlich schmerzenden Liebkosung waren. Und ich plötzlich laut aufschrie …

Der intensive Biss des Unbekannten in meine Brustwarze, ließ mich in tausend Stücke zerspringen. Brennender Schmerz durchfuhr jede Faser meines erregten Körpers, während er mich gleichzeitig zu Boden drückte. Ich hatte keine Ahnung, was nun folgen würde, doch ich würde gehorchen, und das, obwohl ich dem Grunde nach eine sehr eigensinnige und störrische Persönlichkeit besaß. *Aber nicht hier, nicht bei ihm.* Ich würde seine Regeln befolgen und ihm vertrauen, dass er meine Grenzen nicht überschritt. Dann erhielt ich meine nächste Anweisung.

„Dreh dich um und knie dich hin. Ich werde dich jetzt ficken, bis du nur noch schreien kannst." Auch das wollte ich noch nicht einmal abstreiten. Erneut vor Aufregung zitternd, tat ich, was von mir verlangt wurde. Automatisch und ohne Widerwillen.

„Spreize deine Beine für mich, damit mein Schwanz dich tief erfreuen kann", flüsterte der Fremde, und seine Worte duldeten trotz ihrer geringen Lautstarke nicht den geringsten Widerspruch. So viel stand fest. Wieder gehorchte ich. Sekundenlang geschah … nichts. Mein Atem glich eher einem aufgeregten Hecheln, als schließlich die Schritte hinter mir meinen dunklen Prinzen ankündigten. Kurz hörte ich noch das vertraute Ratschen eines Kondompäckchens, als der Fremde sich auch schon hinter mir kniend zwischen meinen Beinen positionierte.

Durch bestimmenden Druck auf meinen Rücken bedeutete er mir, mich so weit wie möglich nach unten zu beugen, während ich ihm mein Hinterteil zur freien Verfügung präsentierte. Doch ich fühlte mich keineswegs unbehaglich. Nein, ich wollte diesen außergewöhnlichen Moment in vollen Zügen auskosten. *Hart, sexy und hemmungslos.*

Der Fremde gab mir erneut keine Gelegenheit zum Überlegen. Stattdessen setzte er seine dicke Spitze an meine bereitwillig feuchte Mitte und stieß gnadenlos zu. Sofort bäumte ich mich vor Lustschmerz und ekstatischer Erregung auf. Doch mein unbekannter Liebhaber gebot mir sofort Einhalt und drückte mich zurück nach unten auf meine Ellenbogen.

Mir wurde keine Gelegenheit gegeben, mich an seine Ausmaße zu gewöhnen. Stattdessen bohrten sich die Finger des Fremden erneut in meinen Pospeck, fixierten mich so in Position, um sich nach Herzenslust in und an mir austoben zu können. *Und ich liebe es …* Während sich meine üppigen Brüste im Rhythmus seiner harten Stöße am weichen Boden rieben, konnte ich meine Lust nicht mehr länger zurückhalten. Laut hallte mein Stöhnen von den Wänden des Dark Rooms wider.

Im Hintergrund konnte ich plötzlich den Song „Human“ von Rag 'n' Bone Man ausmachen, dessen eindringlichen Rockklänge sich tief in meine Erinnerung einbrannten. Letztendlich waren wir alle nur Menschen und ich in diesem triebhaften Augenblick, in dem ich nur von meinen Instinkten geleitet zu sein schien und den ich noch immer nicht bereute, ganz besonders.

Immer wieder rammte sich sein harter Schwanz tief in meine pulsierende Muschi, die ihn nur allzu gerne in

Empfang nahm und sich eng um ihn schmiegte. Und auch ER konnte sich eines tiefen, männlichen Stöhnens nicht erwehren, während er mich als sein Lustobjekt benutzte. Doch es machte mir nichts aus, sehr zu meiner großen Verwunderung. Ich wollte, dass er genau das tat, mich fickte, bis mir sprichwörtlich Hören und Sehen verging und ich die Engel singen hörte.

So kam es dann auch. Als ER sich das letzte Mal bis zum Anschlag in mir versenkte, zogen sich sämtliche Muskeln in meinem Inneren zu einem gigantischen Orgasmus zusammen, der sich feuerwerkartig in meinem Unterleib entlud. Das einnehmende Kribbeln beraubte mich meiner letzten Sinne, ließ mich schweben in einem exklusiven Moment der absoluten Glückseligkeit. Nur am Rande bemerkte ich, wie auch mein lustvoller Peiniger stöhnend zum Höhepunkt kam und sich anschließend von mir löste.

Gerade noch im Himmel der Leidenschaft gefangen, stürzte ich ungebremst herab und auf den Boden der Tatsachen zurück. Die emotionale Achterbahn der Gefühle des heutigen Abends hatte mich mehr beansprucht, als ich es für möglich gehalten hätte. Ich wollte ihn, meinen Unbekannten, wollte mehr von seiner köstlichen Spielerei, die mich seelisch und auch körperlich an den Abgrund der guten Sitten trieb.

Eine letzte, sanfte Berührung seiner Hand in meinem Gesicht, die es zärtlich streichelte. Dann war er verschwunden, aus dem Dark Room und aus meinem Leben. Für immer. So ließ er mich gleichzeitig glücklich und todtraurig im Dunkeln zurück. An dem Ort der sinnlichen Abenteuer …

Kapitel 2
Adam

Kühle Nachtluft flutete meine Lungen, als ich draußen hinter dem Club am Backstage-Eingang innehielt und tief einatmete. Eine herrliche, frostig kalte Nacht im November, deren Ausgang ich nicht hätte vorhersehen können. Natürlich hatte ich geplant, ein heißes Date in Anspruch zu nehmen und den Dark Room zu testen. Doch die Kleine dieser Nacht hatte mir sprichwörtlich den Atem geraubt.

Wie ein sanftes Lamm hatte sie sich mir und meinen Wünschen gefügt, hatte dabei jedoch nicht den Eindruck eines eingeschüchterten Mauerblümchens gemacht. Nein, sie wusste, was sie tat, und konnte ihrer Lust daher freien Lauf lassen. Alleine bei dem Gedanken an ihre samtig weiche Haut, ihre wohlgeformten Rundungen und den zuckersüßen Duft ihres Körpers drängte sich mein fordernder Schwanz sofort erneut einsatzbereit von innen gegen meine Jeans.

Doch leider würde ich sie wohl nie wiedersehen. Zum einen, weil ich ihren Namen nicht kannte, und zum anderen, weil ich ja noch nicht einmal wusste, wie sie genau aussah. *Deine Chancen stehen denkbar schlecht*, ging es mir ungeschönt durch den Kopf. Wie dem auch sei, jedenfalls war es mir nach den ersten, harten Tagen Arbeit am Set endlich wieder einmal gelungen, den Kopf frei zu bekommen, auch Dank meines kleinen Kätzchens, das sich mir so bereitwillig hingegeben hatte. *Ein wahrer Glücksgriff*, wie ich fand.

In wenigen Stunden schon würde die Sonne über L.A. aufgehen. Im Filmstudio stand heute eine Szene aus der Mitte des Films „Ladykiller“ auf dem Programm, auf die ich bereits sehr gespannt war. Sie spielte in einem heruntergekommenen Raum eines alten Fabrikgebäudes, in den ich meine Opfer im Film für gewöhnlich entführte. Wir drehten normalerweise etwa eine Minute Film je Tag, jedoch nicht in chronologischer Reihenfolge. Den Text dafür würde ich mir später erst am Set zu Gemüte führen. *Das sollte ausreichen.*

Ich liebte meinen Job und war dankbar dafür, dass ich mich nie darauf eingelassen hatte, mich wie so mancher Lackaffe im Showbusiness zu verstellen. Mir lag es einfach nicht, mich bei meinen Fans anzubiedern. Denn entweder sie mochten mich und meine schauspielerische Leistung, oder eben nicht. Damit konnte ich leben, zumal ich tatsächlich die Schauspielerei an sich und nicht den Ruhm liebte. Ganz im Gegenteil ging mir gerade dieser an so manchen Tagen gehörig auf die Nerven. Heute zum Beispiel, da ich mich im Rooms nicht, wie jeder andere auch, öffentlich hatte blicken lassen können. Zu groß war die Gefahr, einen Massenaufruhr zu provozieren. Dabei wollte ich einfach nur ein wenig dort abhängen, die Musik und die Getränke genießen und mir den Verstand aus dem Leib vögeln. *Letzteres ist dir ja glücklicherweise gelungen*, zog ich mich in Gedanken auf.

Immer wieder schweiften meine Gedanken zu meiner Kleinen mit den üppigen Brüsten und dem runden Arsch ab. Ich mochte Frauen, die wussten, was sie wollten, jedoch gleichzeitig nicht versuchten, aus jedem Mann sofort eine Memme zu machen. Ein Kerl musste ein Kerl bleiben und das hatte nun einmal auch die Frau an seiner Seite zu akzeptieren. *Basta!*

Während ich die Straßen entlangspazierte, fielen allmählich auch die letzten Zwänge von mir ab. Jetzt, frühmorgens, konnte ich mich frei und ungezwungen bewegen, ohne Gefahr zu laufen, von Paparazzi aufgelauert zu werden. Nur wenige Kilometer galt es zurückzulegen bis zu dem Hotel, in dem ich aktuell logierte. Die konnte ich locker zu Fuß gehen.

Wieder schweiften meine Gedanken ab zu den Ereignissen der vergangenen Stunden. Bruchstückhafte Eindrücke schoben sich in verwirrendem Mischmasch vor mein geistiges Auge. Dieser Duft, die Haut, und wundervolles Stöhnen, zusammen mit den Erfahrungen der neuen Crew am Set, mit der ich seit wenigen Tagen zusammenarbeitete. *Ich bin ja mal gespannt, wie die Requisiten-Tante das Set für morgen gestaltet hat*, dachte ich beiläufig.

Zugegeben, sie hatte Talent für blutige und gruselige Tatorte. Außerdem einen verdammt süßen Hintern. Allerdings ging sie mir mit ihrer distanzierten Art auch gehörig auf die Nerven. Natürlich erwartete ich nicht, dass alle mir, dem Hauptdarsteller, zu Füßen lagen. Doch etwas weniger Arroganz konnte wirklich nicht schaden. *Oder ist sie mir etwa zu ähnlich und das ist der Grund dafür, dass sie mich nervt? Gut möglich.* Schließlich schien sie auch ein Faible für alles Düstere und vielleicht auch einen kleinen Hang fürs Gefährliche zu haben. *Du interpretierst schon wieder viel zu viel in sie hinein, Mars. Sie kann dir doch scheißegal sein.* War sie auch.

Ich war froh, schließlich am Hotel anzukommen, denn allmählich ging mir mein Gedankenwirrwarr auf den Wecker. Später, so hoffte ich, würde sich das alles in Wohlgefallen auflösen. Denn ich hatte nicht vor, mich auch nur im Geiste zum Hampelmann der Damenwelt zu machen. In meiner Welt regierte ich und wer sie betrat, spielte nach meinen Regeln. Egal ob wissentlich oder nicht. *Mitgehangen, mitgefangen.*

Jetzt würde ich mich noch ein wenig aufs Ohr hauen und versuchen, mich nicht noch mehr in die Erinnerungen an das Abenteuer im Dark Room zu verlieren …
Leichter gesagt, als getan.

Kapitel 3
April

Kopfweh … war das Erste, was ich wahrnahm, als ich in meinem Bett, zu mir unbekannter Stunde, erwachte. *In meinem Bett?* Wie war ich, zum Teufel, hierhergekommen? Das Letzte, woran ich mich erinnerte, waren Calvin, Melly und June, die mit mir meinen neunundzwanzigsten Geburtstag feierten. *Und auch an Junes doofes Gesicht, als wir zu den pikanteren Themen übergegangen sind*, dachte ich, immer noch überaus belustigt. Ich liebte es, meine Schwester zu provozieren, gerade weil sie immer vor allen und jedem ihr allzu perfektes Vorstadt-Mami-Dasein heuchelte. *Einfach herrlich.*

Gefühlt zwanzig Jahre älter als gestern, quälte ich mich aus dem Bett und war froh, dass ich nicht immer noch mein Outfit von gestern Nacht trug. Denn verrauchte Club-Klamotten waren das letzte, was ich in meinem frisch bezogenen Kuschelbett haben wollte. Allerdings wunderte ich mich auch sehr über das lange, hellgrüne Shirt mit rosafarbenen Herzen darauf. *Ich dachte, dieses Teil hätte ich längst verbrannt?* Schon sehr merkwürdig, wie es seinen Weg aus der hintersten Ecke meines opulenten Kleiderschrankes an meinen Körper gefunden hatte. *Unfassbar.*

Reflexartiges Kopfschütteln erinnerte mich erneut daran, was für einen mega Schädel ich heute aufhatte. *Nie wieder Tequila!*, schwor ich mir mit schmerzverzerrtem Gesicht, als ich in Richtung Küche schlurfte. Eigentlich war ich ohnehin dem Alkohol nicht so zugetan, doch gestern hatte es sich irgendwie nicht vermeiden lassen. *Verdammter Mist!* Ich konnte nur hoffen, dass mich ein extra großer Kaffee schnell wieder auf die Beine brachte, denn ein Blick auf die Uhr bestätigte mir, was ich längst ahnte: Ich war bereits jetzt schon viel zu spät dran. Gerade heute würde mein neu dekoriertes Set in den Studios zum Einsatz kommen und da musste erfahrungsgemäß immer noch etwas nachgebessert werden. *Regisseure und ihre Launen*, dachte ich nur und goss das herrlich duftende Gebräu in meine Lieblingstasse, die jedem kleinen Eimer locker Konkurrenz machte. Wenigstens fünf Minuten würde ich mir noch auf dem Hocker an der kleinen Theke in meiner Küche gönnen. *Spät dran oder nicht.*

Die Katzentür klapperte und ich freute mich über den Besuch von Bella, die mir maunzend um die Beine strich.

Genüsslich ließ ich das warme Lebenselixier meine Kehle hinunterfließen, als sich plötzlich schemenhafte Bilder in meinen Kopf schoben. Panisch sprang ich auf und hätte um ein Haar sogar den Kaffee verschüttet. Moment mal! Was waren das doch gleich für pikante Themen, die ich mit Calvin ausdiskutiert hatte? Wieder diese unscharfen Bilder, die ich nicht richtig deuten konnte. *Oh nein!* Hatte nicht Calvin mir vorgeworfen, dass ich mein Leben viel zu wenig genoss? Und war ich daraufhin nicht bockig losgezogen und hatte mir ein Ticket für den Dark Room besorgt?

Mein Herz raste wie kaum jemals zuvor. Das konnte einfach nicht wahr sein. Das durfte nicht sein. Ich würde doch nicht etwa schon den ersten Tag meines neuen Lebensjahres mit einer katastrophalen Dummheit begonnen haben?

Ganz ruhig, April. Es besteht immer noch die Möglichkeit, dass du dir das aufgrund des Alkohols alles nur einbildest.

Allerdings sprachen die sehr eindeutigen Szenen in meinem Kopf nicht dafür, dass es sich nur um einen heißen Traum gehandelt hatte.

Es half alles nichts. Ich musste Gewissheit haben, auch wenn ich mir im Grunde schon jetzt extrem schlechte Chancen für mein Karma einräumte. Also wählte ich die Nummer der Person, die ich am ehesten diesbezüglich fragen konnte. Zähe Sekunden vergingen, ehe mein bester Freund endlich abhob.

„Calvin?"

Verschlafenes Röcheln am anderen Ende.

Okay, im Gegensatz zu mir muss er heute offensichtlich nicht arbeiten. Vermutlich hatte sein Onkel ihm, großmütig, wie er war, aufgrund unserer längeren Party heute frei gegeben. *Es hat wirklich Vorteile, wenn man in der Herrenbekleidungs-Boutique seines Onkels arbeitet*, dachte ich zwischendurch, bis Calvin endlich seine Stimme wiederfand.

„April? Was gibt's?"

Ich kam ohne Umschweife zur Sache, da ich wusste, mein bester Freund würde das abkönnen.

„Calvin, bitte sag mir die Wahrheit. Was ist gestern Abend alles passiert?"

Wieder dieses schwerfällige Atmen, während Calvin sich vermutlich gerade in eine sitzende Position hievte. Ich konnte nur hoffen, dass er alleine war und ich ihn nicht gerade mit einer seiner Liebschaften störte. Nervös strich ich Bella, die es sich auf meinem Schoß bequem gemacht hatte, über das Fell.

„Gestern im Rooms? Na ja. Wir haben lange gefeiert, bis deine Schwester schließlich aufgab und vor uns nach Hause fuhr." *Ah, interessant.*

June hatte offensichtlich also nicht darauf gewartet, dass ich zurückkam. *Was weder für sie als Schwester, noch für meine Befürchtungen hinsichtlich meiner kleinen Katastrophe spricht.* Ich versuchte es erneut, jedoch etwas weniger fordernd, sondern eher mit kleinlauter Piepsstimme.

„Sonst ist nichts passiert?“

Calvin überlegte.

„Ach, du meinst, dass du hemmungslos zu viel getrunken hast, Babe?“

Muss er mir das jetzt auch noch vor dem Frühstück hinreiben? Fiesling!

„Und sonst?“, hakte ich ein wenig pikiert nach.

„Na ja. Bis auf die Tatsache, dass du dich dann offensichtlich im Dark Room hast ordentlich rannehmen lassen, eigentlich nichts.“

„Calvin!“, rief ich entsetzt. Dabei war ich mir nicht sicher, ob die knallharte Wahrheit mich schockierte, mit derer mich im beiläufigen Ton konfrontierte, oder doch die Tatsache, dass ich mir mein Vergehen nicht eingebildet hatte.

„Was denn … Das wolltest du doch wissen, oder? Ich meine, ich war ja nicht dabei, aber dein Gesichtsausdruck, als du aus dem Dark Room zurückkamst, sprach Bände.“ *Verdammt, verdammt, verdammt!*

„Und, was ist mit June? Hat sie das auch alles mitbekommen? Also, ich meine, die Sache mit dem Dark Room?“

„Klar“, antwortete Calvin fröhlich, als ob es die normalste Sache von der Welt wäre, sich von einem Fremden durchvögeln zu lassen. Ich schaltete auf Lautsprecher und bedeckte mein Gesicht mit den Händen.

„Oh nein … Calvin. Wie konntest du das nur zulassen? Jetzt werde ich mir wieder ewig ihre Vorwürfe anhören können, was für ein unverantwortlicher Mensch ich doch bin."

„April, jetzt mach dir mal nicht ins Hemd. Du hast ja keine Straftat oder dergleichen begangen. Auf deinem Kerbholz steht lediglich unverbindlicher, heißer Sex mit Mr. Unbekannt. Tausend Menschen an jedem einzelnen Tag machen sowas. Da bist du nicht die Einzige." Im Grunde wusste ich, dass Calvin recht hatte. Aber für meine verklemmte Schwester, die sich gleichzeitig wie meine Mutter aufspielte, war das vermutlich sogar schlimmer als eine Straftat. Eigentlich war es mir ja egal, was sie oder ihr vermeintlich ekelhaft perfekter Phil von mir dachten. Allerdings war sie manchmal schon schwer zu ertragen, wenn sie keinen triftigen Grund dafür hatte. *Und jetzt hat sie einen mehr als triftigen Grund, April*, trat ich gedanklich noch einmal nach, während mein Ego bereits flennend am Boden lag. Da schob sich die nächste Frage in den Raum.

„Wie bin ich eigentlich nach Hause gekommen? Ich meine, June wird es ja offensichtlich nicht gewesen sein, die mich nach Hause gebracht hat."

„Nö, wir haben uns ein Taxi gerufen und dich an deiner Wohnung rausgelassen und gewartet, bis du im Haus warst. Warum?"

Dazu wollte ich mich nicht äußern.

„Ah, verstehe. Du hast einen ordentlichen Filmriss, Babe. Daher die Fragerei."

Mitten ins Schwarze getroffen, Mr. Smith, würde ich sagen.

„Warum passieren solche Dinge immer mir?"

„Jetzt hör aber mal auf, dich wegen so einer Lappalie selbst zu bemitleiden. Du tust ja gerade so, als wäre Sex was Schlechtes? Hat es dir denn nicht gefallen?"

Ich überlegte, konnte jedoch nichts Negatives in meiner Erinnerung finden. Ganz im Gegenteil. Schon jetzt, bei genauerer Betrachtung, regte sich sofort verräterisches Kribbeln in meinem Unterleib, der anscheinend ganz anderer Meinung zu besagtem Thema war als mein Kopf. Ich räusperte mich und versuchte meine Zusammenfassung in Worte zu fassen.

„Calvin, ich glaube, das war das heißeste, erotischste und absolut phänomenal genialste Abenteuer, das ich jemals erlebt habe."

Stille am anderen Ende der Leitung.

„Calvin?", fragte ich besorgt. Hatte ich doch zu viel verraten?

„Calvin?", versuchte ich es erneut, bis er schließlich in nörgelndem Tonfall antwortete.

„Jetzt bin ich richtig neidisch."

Okay, er war also nicht tot umgefallen, sondern ganz gelassen, eben typisch Calvin, der es insgesamt in Sachen Sex nicht so genau nahm.

„Eigentlich wäre es doch mein Job gewesen, den Dark Room zu erkunden, oder? Und jetzt stolperst du aus einer Laune heraus da hinein und erlebst die hammermäßigste Nacht deines Lebens. Ist denn das gerecht?"

Jetzt musste ich lachen. Ich machte mir Sorgen um meine unbefleckte Seele und Calvin ärgerte sich im Gegenzug, dass nun ich diejenige mit dem absolut verrücktesten Sex-Erlebnis war. Das war wirklich nicht gerecht.

„Nein, das ist es wohl nicht, mein Hase. Aber weißt du was? Du kannst das alles ja jederzeit nachholen. Dann bin ich wenigstens nicht die Einzige mit einem dicken Schandfleck in ihrer Sex-Akte."

Jetzt mussten wir beide lachen. Wir beschlossen, uns demnächst, wenn auch Melly Zeit hatte, auf einen ausführlicheren Plausch zu treffen. Denn hier war noch nicht das letzte Wort gesprochen, wie mein bester Freund mir schonungslos versicherte. Allerdings hatte ich es allmählich wirklich eilig, da ich ja ohnehin schon sehr spät dran war. Ich verabschiedete mich also von meinem besten Freund und machte, dass ich ins Badezimmer kam.

Weniger als fünfundvierzig Minuten später und Dank der hervorragend rücksichtslosen Fahrweise der Taxifahrer in L.A., stand ich halbwegs fit und vorzeigbar am Set, während alle anderen gerade eintrudelten. *Nochmal gutgegangen!* Erleichtert atmete ich aus, während mir Ben, der Kameramann, auch schon unaufgefordert einen Kaffee in die Hand drückte. *Wenigstens einer, der heute Rücksicht auf meinen wenig erholten Zustand nimmt.* Ich konnte nur hoffen, dass niemand hier von meinem Geburtstag Wind bekommen hatte, denn das Letzte, was ich wollte, war eine übertrieben fröhliche Feier am Arbeitsplatz. Danach stand mir einfach nicht der Sinn.

Ich war nicht der Typ Mensch, der gleich am Morgen losplapperte, und so war ich froh, dass hier bereits alles im Gange war und mich niemand vollquatschte. Am Kaffee nippend, stand ich im Schatten des Rampenlichts und beobachtete, wie Adam Mars seine Vorstellung gab. Obwohl mir seine Überheblichkeit bereits tierisch auf die Nerven ging, konnte ich ihm eine gewisse Attraktivität nicht absprechen. Groß, gut gebaut, dunkles Haar und unverschämt hellblaue Augen, obendrein von Wimpern umsäumt, für die wohl jede Frau bereit wäre, einen Mord zu begehen. *Wie ungerecht*, dachte ich nebenbei, während ich seine Show genoss.

Staunend sah ich zu, wie Adam in seiner Rolle den absoluten Psycho mimte und sein Opfer in meiner

Tatortkulisse gefährlich einschüchterte. *Wahrscheinlich ist er im wahren Leben auch nicht ganz sauber*, anders konnte ich mir seine brillante Darbietung hier nicht erklären. Trotzdem konnte ich auf eine Weise auch verstehen, dass ihm die Damenwelt scharenweise zu Füßen lag. *Wäre er nicht so ein gigantisch großes Arschloch …*

Zugegeben, eigentlich stand es mir nicht wirklich zu, Adam Mars zu verurteilen. Schließlich hatte ich, bis auf kurze Absprachen, bisher nicht viel mit ihm zu tun gehabt. Aber allein die Tatsache, dass er sich seiner Anziehungskraft sehr wohl bewusst war und von Vornherein davon ausging, dass jede Muschi ihm automatisch gefügig sein würde, brachte mich irgendwie auf die Palme. *Bei mir würde er sich in jedem Fall die Zähne ausbeißen, denn gegen Adam Mars bin ich definitiv immun.*

Entgegen meiner Erwartungen gab es heute noch nicht einmal spontane Sonderwünsche hinsichtlich des Sets, sodass die Szene schon nach einigen Stunden im Kasten war. Müde, jedoch zufrieden, dass meine Arbeit so gut ankam, trottete ich in Richtung Küche, um mir etwas vom obligatorischen, kleinen Buffet für die Belegschaft zu holen. Dabei entging mir das verräterische Ziehen zwischen meinen Beinen nicht, das mich unverblümt bei jedem Schritt auf meine Schandtat heute Nacht hinwies. *Okay, das ist reichlich dramatisiert, zumindest die Sache mit der Schandtat.* Denn wenn ich ehrlich war, war ich irgendwie auch ungemein stolz auf mich. Natürlich war es verantwortungslos und auch gefährlich, mich auf das Spiel eines völlig fremden Mannes einzulassen. *Sehr verantwortungslos, liebe April …* Trotzdem kam mir immer wieder Calvins Meinung dazu in den Sinn und im Grunde hatte er vollkommen recht. Ich war alt genug, um zu wissen, was ich wollte, und ich sollte es verdammt nochmal auch genießen.

Und sei es, dass es um knallharten, anonymen Sex ging. *Aus, Ende.*

Dank meiner Grübeleien war ich unaufmerksam gewesen und hatte nicht erkannt, dass ich gerade im Begriff war, der übrigen Belegschaft in die Geburtstagsfalle zu tappen. Als ich die Küche betrat, sprangen plötzlich Unmengen an Leuten hinter Stühlen und Tischen hervor, kreischten und jubelten, bis alles in einem Durcheinander aus Happy-Birthday-singenden Kollegen endete. *Na toll. Genau nach meinem Geschmack.* Wobei ich nicht undankbar sein wollte. Es lag mir nur einfach nicht, im Mittelpunkt zu stehen und schon gar nicht, wenn es dabei um meinen Geburtstag ging. Ich war das talentierte schwarze Schaf am Rande der Gesellschaft und nicht der Star. *Ganz einfach. Okay, das klingt jetzt ziemlich eingebildet, aber wenn ich etwas auf die Reihe bekomme, dann ist es mein Job.*

Vielleicht konnte ich ja doch noch umdrehen und so tun, als wäre ich nicht gemeint? Schwer möglich bei all den „Happy Birthday, April"-Bannern, die hier überall verteilt waren, für den Fall, dass es noch irgendwer nicht mitbekommen hatte. Gefühlte tausend Hände betatschten und beglückwünschten mich, was ich als Einzelgängerin nicht gewohnt war. Dennoch regte sich tief in meinem Inneren etwas, das ich nicht für möglich gehalten hatte: Tatsächlich rüttelte die überschwängliche Herzlichkeit meiner Kollegen an meiner Fassade und ließ es zu, dass ich mich über ihren Überfall freute. *Sehr sogar …*

„Danke, Leute. Das ist wirklich … Wow! Ich danke euch vielmals." Doch selbst meine seltene, wenn auch kurze Rede ging im Gebrabbel der Anwesenden unter. Schnell drückte man mir ein großes Stück Torte sowie ein Glas Sekt in die Hand, natürlich in Wegwerf-

Plastikgläsern, und schon war ich glückselig. *Erdbeersahne, unglaublich lecker.* Wobei ich aufgrund meines Katers, den ich mehr als verdient hatte, auf weiteren Alkohol gut hätte verzichten können.

Wie üblich am Arbeitsplatz blieb uns nicht viel Zeit, doch am Ende waren die Torte und der Sekt restlos verputzt und ich hatte es geschafft, mich noch bei jedem Einzelnen zu bedanken. *Bleibt nur noch zu klären, wer hier getratscht hat*, überlegte ich. Wobei Ben dabei in die engere Auswahl fiel. *Eindeutig schuldig.* Ich räumte noch schnell die restlichen Teller und Gläser zusammen und sorgte dafür, dass auch das letzte Banner abgenommen wurde.

Erst, als ich fertig war, bemerkte ich, dass Adam Mars als Letzter immer noch im Türrahmen zur Küche lehnte und mich abschätzend ansah. *Hat er mir etwa die ganze Zeit über beim Aufräumen zugesehen? Verdammt, bestimmt habe ich dabei leise gesungen. Wie peinlich.*

„Ah, hey. Hast du mich erschreckt. Sorry, ich bin gleich weg, dann hast du die Küche für dich." Aber Adam hielt es nicht für nötig, mich aufzuklären oder auch sonst auf irgendeine Art zu antworten. Stattdessen schienen seine eisblauen Augen mich zu durchbohren, gar direkt in meine neuerdings einsehbare Seele zu blicken. *Kein Wunder bei dem emotionalen Durcheinander, das in deinem Inneren wutet, April. Eigentlich dachte ich, du hattest die Pubertät mit all ihren Verwirrungen bereits lange hinter dir gelassen.* Doch offensichtlich ging es Ende Zwanzig und kurz vor der Tür zur Dreißig nochmal so richtig los damit. Jedenfalls kam ich mir reichlich dämlich vor. Wie immer in Adams Gegenwart, was wohl auch einer der Gründe für meine Abneigung gegen ihn war. Daher hielt ich es für besser, ihn einfach weiter in seiner Welt brodeln zu lassen und das Weite zu suchen.

Kurz hielt ich seinem intensiven Blick noch stand, ehe ich mich einfach an ihm vorbei durch die Tür drückte. Plötzlich traf mich etwas wie ein Blitz! Ein Duft, der mir die Sinne vernebelte und mich sofort in eine Szene zurückkatapultierte, die ich angestrengt zu verdrängen versuchte. Eine Szene voller Dunkelheit, hemmungsloser Hingabe und hartem Sex, umhüllt von einem Geruch aus purer Männlichkeit und einer frischen Meeresbrise. Stocksteif blieb ich für den Bruchteil einer Sekunde stehen, starrte Adam mit großen Augen an und begann dann zu laufen.

Schnell, als wäre der Teufel höchstpersönlich hinter mir her, hastete ich zu meinem Spind, wo ich Jacke und Tasche lagerte, und weiter zum Ausgang. Erst, als ich am Taxistand ankam, blickte ich mich atemlos um. Das konnte nicht sein. Durfte nicht sein. *Mal wieder. Ganz ruhig, April. Das hast du dir alles nur eingebildet. Wie wahrscheinlich ist es, dass die Angst, die dir gerade die Luft zum Atmen nimmt, wirklich begründet ist? Eben.*

Doch so sehr ich mich bemühte, rational zu denken, ich konnte mein pochendes Herz nicht davon überzeugen, dass ich falsch lag. Zumal mein Abgang gerade obendrein unglaublich peinlich war. Mir grauste jetzt schon davor, mich morgen wieder am Set blicken zu lassen.

Es ist unmöglich, unmöglich, unmöglich …, sagte ich mir immer wieder in Gedanken vor, bis ich schließlich in ein Taxi stieg und zurück fuhr in mein Single-Leben, das seit gestern aus den Fugen geraten war …

Kapitel 4
Adam

Die halbe Nacht hatte ich wach gelegen, denn meine Gedanken ließen mir keine Ruhe. Normalerweise war ich nicht der Typ Mann, der sich sonderlich lange mit ein und derselben Frau beschäftige. Dennoch hatte es mir eine ganz besonders angetan: April. Allerdings konnte ich nicht sagen, ob im positiven oder negativen Sinne. Denn, um der Wahrheit Genüge zu tun, sie ging mir die meiste Zeit gewaltig auf die Nerven am Set. Sicher, sie war unglaublich begabt, was ihre Arbeit anging, trotzdem auch irgendwie unnahbar. *Ist sie nur schüchtern oder gar arrogant?* Ich wusste es nicht. Aber genau diese Kleinigkeit brachte mich fast um den Verstand.

Ich war es nicht gewohnt, von den Frauen knallhart ignoriert zu werden. Aber gut, damit konnte ich leben. Inakzeptabel hingegen war die Tatsache, dass ich April nicht einschätzen konnte. Sie war uneinsichtig wie die schwärzeste Nacht und brachte mich damit dazu, an meinen Frauenkenntnissen zu zweifeln. Und noch etwas ging mir nicht mehr aus dem Kopf: Ihre sanfte, mädchenhafte Stimme, mit der sie mich gestern erschrocken in der Küche angesprochen hatte. Auch ihr Blick, als sie sich plötzlich eilig an mir vorbeidrückte, sprach Bände. *Bringe ich sie etwa mit meiner bloßen Anwesenheit aus der Fassung, oder steckt mehr dahinter? Und warum zum Teufel interessiert dich das überhaupt, Mars?*

Wütend auf mich selbst, parkte ich mein mattschwarzes Rennquad vor den Studios und hängte meinen Helm einfach an den Lenker. Auch die zahlreichen Türen auf dem Weg in die Maske bekamen meinen Zorn deutlich zu spüren. Wobei ich noch nicht einmal sagen konnte, wer mich aktuell mehr nervte: April mit ihrer merkwürdigen Art mir gegenüber oder sogar ich selbst. *Fuck!* Der Kleinen würde ich helfen. Auf jeden Fall würde ich mir nach dieser beschissenen Nacht nicht auch noch den Tag versauen lassen. So viel stand fest.

Die Mädels von der Maske warteten bereits darauf, mich für die heutige Szene herzurichten. Doch, wie gewohnt, konnte ich ihrem übertrieben freundlichen Geschnatter nichts abgewinnen. *Was zur Hölle ist heute eigentlich dein Problem, Mars? Die Tatsache, dass dich eine Frau mal nicht anhimmelt, oder die Frauen, die dir, ohne mit der Wimper zu zucken, sofort an Ort und Stelle den Schwanz lutschen würden?*

Meine Laune schien von Minute zu Minute weiter in unterirdische Ausmaße abzusinken. Blieb nur zu hoffen, dass mir heute niemand ans Bein pinkelte, denn dann würde es hier echt ungemütlich werden.

Nach schier unendlich langer Zeit, der ich dem Visagistinnen-Hühnerhaufen ausgesetzt war, konnte ich mich endlich verziehen. Manchmal hatte ich das Gefühl, dass sie alles mit purer Absicht hinauszögerten. Ich bildete mir im Grunde nicht viel auf mich ein. *Denn ich bin ein arroganter, chronisch schlecht gelaunter Mistkerl.* Trotzdem konnte ich mich des Eindrucks nicht erwehren, dass viele Berührungen der Damen mehr als rein zufällig waren.

Mies drauf, schlenderte ich über die leeren Gänge, immer in Richtung Set. Ich war trotz der Langsamkeit meiner Maskenbildnerinnen früh dran, da ich heute irgendwann einfach aufgegeben hatte, um den Schlaf zu kämpfen. Beinahe gespenstisch ausgestorben war es hier, denn um diese frühe Uhrzeit waren noch nicht viele zur Arbeit erschienen. *Niemand, außer den Hühnern und … April*, wie ich verwundert feststellte.

Mein Weg führte mich nämlich auch vorbei am Requisitenraum, wo sie ihre Schätze bunkerte. Mein Kopf schalt mich lautstark, Aprils Anwesenheit auf keinen Fall offensichtlich zu registrieren. Ganz im Gegensatz zu meinem Herzen, das plötzlich wie verrückt anfing zu pochen. *Ganz zu schweigen von anderen, drängenden Körperteilen. Reiß dich zusammen, Mars. Ehrlich, du Mädchen.*

Gerade, als ich an April vorbeigehen wollte, sah ich, wie ihr ein Stapel Bauteile für das Set plötzlich von den Armen rutschte und sich lautstark auf dem Betonboden der großen Lagerhalle in den Studios verteilte. Noch bevor mein Verstand einschreiten und mich vor solch Gentleman-artigem Verhalten bewahren konnte, war ich auch schon auf sie zu geeilt und hatte mich nach Aprils Sachen gebückt. *Bitte was? Verdammte Scheiße, Mars!*

Aprils Überraschung bezüglich meiner Hilfsbereitschaft war nicht zu übersehen. Sofort schrak sie einen Schritt zurück. Während sie sich zur vollen Größe aufrichtete, kniete ich wie ein Volltrottel vor ihr. Mein Gesicht befand sich genau auf Höhe ihres überaus verführerischen Unterleibes, den sie äußerst sexy in einen schwarzen, engen Lederrock gehüllt hatte. Dazu trug sie einen weiten, ebenfalls schwarzen Wollpullover, auf dem mittig ein dicker, violetter Längsstreifen prangte. Auch die kniehohen Stiefel waren nicht zu verachten, ebenso wenig wie das bisschen Nylonstrumpfhose, die noch zwischen Stiefel und Rocksaum hervorblitzte. *Beides natürlich in Schwarz gehalten, wie auch sonst, bei April.*

Ihre langen, schwarzen Haare reichten ihr hinten fast bis zu den Hüften, und umrahmten vorne Aprils schmales, mädchenhaft zartes Gesicht. Dass sie mit ihren neunundzwanzig Jahren zwei Jahre älter war als ich, hätte ich bis gestern niemals geschätzt.

Immer noch stand April wie ein Reh im Scheinwerferlicht vor mir, und sah mich mit großen, dunklen Augen an. *Sag was, Mars!* Doch stattdessen sah ich zu, dass ich die Peinlichkeit meiner Darbietung auflöste, Aprils Sachen erneut fallen ließ und ruckartig auf die Beine kam. Aprils leiser Schreckensschrei, der einem Stöhnen gleichkam, ließ mich innehalten. Wie in Zeitlupe erkannte ich das fehlende Puzzleteil in all meiner Verwirrung: April war mir nicht so unbekannt, wie es den Anschein machte. Ich kannte sie besser, als es ihr lieb war, und wenn es mich nicht täuschte, war sie sich dessen sehr wohl bewusst. *Daher auch gestern ihr überstürzter Abgang aus der Küche …*

Meine Instinkte waren geweckt und noch ehe ich es hätte verhindern können, hatte ich sie auch schon gegen die Wand hinter uns gedrückt. Ihr Atem ging stoßweise, doch sie wehrte sich nicht gegen meinen Angriff. Drängend fixierte ich sie mit meinem Körper gegen den kalten Beton, da ich fürchtete, sie würde ansonsten erneut versuchen vor der Wahrheit zu fliehen. Mein folgendes Versprechen sollte April aus ihrer Schockstarre lösen.

„Dein Geheimnis ist bei mir gut aufgehoben, Kleines.“

Die Worte, deren tieferen Sinn nur wir beide verstanden, trafen April wie ein Blitz und ihre schlichte

Antwort bestätigte mir, was ich längst wusste: Sie war jene geheimnisvolle Unbekannte, die mir zuletzt offenherzig so viel Freude bereitet hatte, auch wenn sie sich in der realen Welt genau gegenteilig verhielt.

„Du?", entgegnete April. Dabei handelte es sich mehr um eine rhetorische Frage, denn wir wussten beide, was uns in unserer Erinnerung für immer unzertrennlich verband: *Hemmungsloser, anonymer Sex ohne Verpflichtungen.*

Ich nickte.

„Oh mein Gott! Also ist alles wahr." Plötzlich schien April aus ihrer Starre zu erwachen. Panisch wand sie sich vor mir, während ich ihre Handgelenke immer noch fest neben ihrem Kopf an die Wand presste. Die Unfähigkeit zu fliehen, ließ dicke Tränen in ihre großen, wundervollen Augen steigen.

„Bitte, lass mich", schluchzte sie. Doch ich konnte es nicht, wollte April nicht gehen lassen, während diese Sache wie eine Mauer trennend zwischen uns stand. Stattdessen tat ich das Einzige, mit dem ich mir zu helfen wusste, ehe ihre Tränen mich in den Wahnsinn trieben: Hitzig und unüberlegt presste ich meine Lippen auf Aprils süßen, rosa Mund und erstickte damit ihr Schluchzen.

Ihre weichen Lippen schmeckten wie die süßeste Versuchung. Gleichzeitig salzig voll Tränen, wie der Kuss des Meeres. Ich wollte mehr, wollte den Kontakt zwischen uns nicht abbrechen lassen, ehe ich mehr über diese Frau erfuhr, die so anders war als alle, die ich bisher kannte.

Es dauerte eine Weile, ehe Aprils Schluchzen versiegte und sie meinen zärtlich fordernden Kuss erwidern konnte. Zaghaft massierte ihre Zunge die meine, während ich abwechselnd dazu an Aprils Lippen knabberte. Als ich nicht mehr mit einer abrupten Flucht rechnete, lockerte ich meinen Griff um ihre zarten Handgelenke und ließ meine Hände zusammen mit den ihren sinken. April floh nicht. Stattdessen legte sie ihre Finger von selbst an meine Brust, beinahe schutzsuchend, was in mir bisher ungeahnte Gefühle hervorrief. In diesem einen, kostbaren Moment wollte ich April beschützen. Ich wusste nicht wovor, vielleicht vor all den Ungerechtigkeiten, die sie möglicherweise bisher erleben musste. Denn eines war sicher, April war keine Frau, die mit dem Strom schwamm. Sie ging ihren Weg, der vermutlich nicht immer mit dem anderer kompatibel war.

Forschend legte ich meine Hände auf Aprils wohlgeformtes Hinterteil, während sie immer noch mit dem Rücken an der kalten Betonwand lehnte. Wesentlich weniger zaghaft als sie kniff ich beidseitig hinein, was ihr ein leises, entspanntes Seufzen entlockte. Ich hatte genug. Ich würde mich nicht mehr länger zurückhalten können. Warum, wusste ich nicht. Allerdings wusste ich sehr genau, was ich wollte: *April!* In Gedanken an unsere gemeinsame Nacht im Dark Room, wurde mein Kuss fordernder, mein Blick heißer und meine Einstellung klarer. *Scheißegal, was andere von mir denken. Scheiß auf alles, was sich gehört. April gehört mir, wenn auch nur für einen weiteren, magischen Augenblick.*

Im nächsten Moment hatte ich auch schon die Kontrolle über die Situation verloren. Ich schnappte mir Aprils kleine Hand, öffnete gleichzeitig die Tür rechts neben ihr, die zum Requisitenlager führte, und zog sie, ohne zu fragen, einfach hinein. Drinnen angekommen, teilten wir uns den Raum mit diversen Möbelstücken, Masken und noch allem möglichen anderem Kram, wie Statuen, Pflanzen oder diversem Gruselzeug.

Etwas weiter hinten befand sich ein niedriger Tisch, ähnlich dem, den man vor eine Couch stellen würde. *Angenehm niedrige Höhe*, wie es mir sofort durch den Kopf ging. Aber was das Beste daran war: Davor prunkte ein gigantisch großer Spiegel in aufwändig verziertem Silberrahmen. April war mir ohne Widerstand bis hierher gefolgt, während ich immer noch ihre Hand hielt. Ich war kein Mann großer Worte, daher ließ ich Taten folgen.

In Kürze würde ich April zeigen, dass sie sich mir auch ohne die schützende Finsternis öffnen konnte. Ich war überzeugt, dass die vermeintlich schüchterne junge Frau zu weitaus mehr fähig war, als sie zuzugeben bereit war. Daher ließ ich ihr keine Zeit zum Überlegen. Ich bedeutete ihr, ein Bein auf den weißen Tisch vor uns zu stellen und erleichterte es ihr, indem ich Aprils schwarzen Lederrock bis zu ihren Hüften nach oben schob und dabei die zu meiner Überraschung halterlosen Strümpfe freilegte. *Das wird mir einiges erleichtern*, dachte ich begeistert.

Was ich nun tat, war auch für mich eine Premiere, denn normalerweise kniete ich nicht vor einer Frau nieder. *Genau genommen, kniest du heute schon das zweite Mal vor April, Mars*, zog ich mich nebenbei auf. Immer noch sah mich April etwas unsicher mit ihren großen, dunklen Augen an. Trotz ihrer offensichtlichen Angst schien die Neugier in ihr deutlich zu überwiegen, denn auch jetzt machte sie keine Anstalten zur Flucht.

Ich legte meine Hände erneut an ihre Hüften und fixierte so den Rock auf idealer Höhe. Aprils Slip war ein Hauch von schwarzem Nichts. *Sehr sexy.* Als mein Mund einen Kuss durch das dünne Stückchen Stoff hauchte, das Aprils glattrasierte Scham bedeckte, schloss sie entzückt die Augen, warf sogar den Kopf in den Nacken. Noch ehe ich etwas gegen mein animalisches Verhalten hätte tun können, zerriss ich mit einem einzigen Ruck das Stückchen Stoff und legte so Aprils feucht glitzernde Mitte frei. Den Slipfetzen warf ich achtlos zu Boden.

Ohne Umwege küsste ich sie erneut, diesmal jedoch ungestört, auf ihre empfindlichste Stelle, während sich Aprils Fingernägel durch mein Shirt in meine Schultern gruben. Mit spitzer Zunge teilte ich ihre Scham und umkreiste ihre pochende Perle hingebungsvoll. Aprils sanftes Stöhnen begleitete mich, während ich sie ausführlich verwöhnte. Ich leckte, biss und knabberte ihre kleine Muschi, fickte sie mit der Zunge. Allerdings verzichtete ich bewusst darauf, sie mit meinen Fingern auf das, was folgen würde, vorzubereiten, denn ich wollte, dass sie mich in vollem Ausmaße und intensiv spürte.

Ich achtete akribisch darauf, sie nur knapp an den Rand der Ekstase zu treiben, schließlich wollte ich mir das Beste für meinen Großen aufheben. Daher wies ich April an, sich nun vor mich auf den Tisch zu knien. Sie zögerte nur wenige Augenblicke, ehe sie mir gehorchte, wenn auch sehr unsicher. Mit meinen Händen bedeutete ich ihr, ihre Beine weit für mich zu spreizen und durch sanften Druck auf ihren Rücken, sank April schließlich vor mir auf ihre Ellenbogen.

„Genau so habe ich dich mir damals im Dark Room vorgestellt, Baby. Doch diesmal wirst du dich nicht in die Dunkelheit flüchten können. Wenn ich dich jetzt ficke, wirst du alles vor dir im großen Spiegel beobachten. Du wirst dich nicht abwenden und erst zum Höhepunkt kommen, wenn ich es dir gestatte.“ April hauchte nur ein leises „Ja“. Ein wahrer Leckerbissen, wie sie sich hier in Lederrock, Stiefeln und halterlosen Strümpfen, jedoch mit entblößter und williger Mitte vor mir präsentierte.

Beinahe schmerzlich drängte sich mein harter Schwanz von innen gegen meine Jeans, wartete ungeduldig darauf, dass ich ihn endlich in Freiheit entließ. *Gesagt, getan.* Mit wenigen, geübten Handgriffen öffnete ich Gürtel und Hose. Anschließend zog ich noch schnell ein Kondom, das sich in meiner Hosentasche befand, über. Schon im nächsten Augenblick, setzte ich zum ersten, wichtigsten Stoß an. Ich führte meine dicke Spitze an Aprils feuchte Muschi und kontrollierte noch einmal, ob sie meiner Anweisung Folge leistete.

Große, dunkle Augen sahen mich über den Spiegel erwartungsvoll an. Das war mein Zeichen. Mit einer einzigen, geschmeidigen Bewegung versenkte ich meinen Großen ungebremst und bis zum Anschlag in Aprils überaus engen Mitte. Ein lauter, ekstatischer Lustschrei hallte durch den Raum, während ich ihr zwei Sekunden Zeit ließ, um sich ein wenig an meine Ausmaße zu gewöhnen. *Genug der Zärtlichkeiten.* Anschließend packte ich hart zu, zog ihr köstliches Hinterteil noch etwas näher an mich heran, was April erneut ein ekstatisches Juchzen entlockte.

Ich würde sie hart rannehmen und ihr keine Möglichkeit geben, über ihr Tun nachzugrübeln. Denn offensichtlich hatte April mit der Tatsache, dass sie sich mir zuletzt hemmungslos und weitaus weniger anonym als erhofft, hingegeben hatte, so ihre Schwierigkeiten. *Keine Gnade, nur das, was wir beide in diesem Moment brauchen. Einvernehmlichen, heißen Sex.*

Zehn Mal in Folge stieß ich in ansteigender Stärke zu. Nummer Zehn, brachte April erneut zum Schreien. Darauf folgte wieder ein leichter Stoß, den ich von Mal zu Mal bis zur Zehn steigerte. Ebenso steigerte sich auch Aprils Stöhnen, dass letztlich in einem eindringlichen Flehen endete.

„Bitte, ich halte das nicht mehr länger aus. Erlöse mich …“ Das war zu viel für meine Selbstbeherrschung. April derart ausgeliefert, willenlos und zu allem bereit vor mir zu sehen, wie sie mich über den Spiegel beobachtete, brachte mich schier um den Verstand. Noch fester bohrte ich meine Finger in Aprils kaum vorhandenen Hüftspeck, während ich mich immer wieder tief in sie hineinrammte.

„Jetzt komm für mich, Baby.“

Schon beim nächsten Atemzug, zerbarst April vor mir in tausend Stücke, während ein gewaltiger Höhepunkt sie mit sich riss. Beinahe schien es, als würde sich lang aufgestaute Lust in diesem Moment heftig entladen. Sollte sie sich auch innerlich noch so gegen ihre Lust gewehrt haben, sie hatte nie eine Chance. Ich fickte sie auf die Art, wie sie es brauchte, und so fiepte sie nun in den höchsten Tönen in meinem Rhythmus, bis ich auch mir Erlösung erlaubte.

Ich explodierte und ließ mich mit April hinfortreißen auf eine Ebene, die nur wir beide zusammen zu erklimmen vermochten. Keine Ahnung, wie lange wir hier in Position vor dem Spiegel verweilten, ehe wir wieder zur Besinnung kamen. Letztlich zog ich mich aus April zurück, woraufhin sie sofort aufsprang. *Aber diesmal werde ich dich nicht weglaufen lassen.*

Und tatsächlich rückte sie in Windeseile ihre Kleidung zurecht und machte sich daran, hastig den Raum zu verlassen. *Nicht mit mir.* Noch ehe sie erneut verschwinden konnte, hielt ich April auf, indem ich nach ihrer Hand griff.

„Lauf nicht weg.“

„Lass mich los.“

„Nein."
„Wie bitte?"
„Nein." Ihr ungläubiger Blick ließ mich nicht erweichen.
„Hör mal, es gibt nichts, wofür du dich schämen müsstest."
April überlegte.
„Ich? Sie haben mich verführt!" Ihr Vorwurf kam so unerwartet, dass ich mir lautes Auflachen nicht verkneifen konnte. *Sie?*
„Ich dich verführt? Dass ich nicht lache. April, du hast das alles mehr als freiwillig gemacht."
Dunkle Augen funkelten mich böse an.
„Ja, schon, aber Sie haben meine Situation schamlos ausgenutzt."
„Ich habe es nicht nötig, irgendwas auszunutzen. Aber, wenn du dich dann wieder etwas abregst, wäre ich sehr dankbar, wenn du die Sache mit dem Sie wieder abstellen könntest. Das nervt tierisch."
Erneute Entrüstung in ihrem elfenhaften Gesicht, gefolgt von resignierendem Ausatmen.
„Schön, aber lass mich doch dann bitte jetzt los, ja? Ich komme sonst zu spät ans Set und es gibt einen sehr launischen Hauptdarsteller hier, dem das gar nicht gefallen würde."
Ich musste zugeben, meine Kleine hatte Biss. *Meine?* Schnell schüttelte ich den Kopf, um diesen wunderlichen Gedanken zu vertreiben.
„Gut möglich. Aber nur unter einer Bedingung."
„Die wäre?" Okay, langsam wurde April ungeduldig.
„Nach Drehschluss nehme ich dich mit und fahre dich nach Hause."
April schien sich nicht sicher zu sein, richtig gehört zu haben. Ich verstärkte den Druck am Handgelenk, um

ihr die Ernsthaftigkeit meiner Wörter noch etwas mehr zu verdeutlichen.

„Autsch! … Schon gut, schon gut. Ich werde da sein.“ *Perfekt.* Ich öffnete meine Hand. Sofort nutzte April die Gelegenheit und war auch schon in nächster Sekunde aus dem Lagerraum verschwunden, ohne sich noch einmal umzudrehen. Sie würde einiges verarbeiten müssen, so wie ich sie einschätzte. Doch ich war sicher, dass meine Kleine das schaffte …

Kapitel 5
April

Apriiillll ...! Mehr fiel mir dazu nicht ein. Gut, ich war auch früher nicht unbedingt eine Kostverächterin gewesen und der Sex mit Adam war auch nicht der erste in meinem Leben. *Trotzdem!* Was hatte ich mir nur dabei gedacht, mich erneut von ihm um den Finger wickeln zu lassen? Die Sache im Dark Room war schon mehr als heikel gewesen, aber als mir bewusst wurde, dass ich mich dort möglicherweise von Adam Mars hatte, nun ja, beglücken lassen, hätte ich spätestens wirklich Abstand halten sollen.

Ich und der aktuell angesagteste, wohlgemerkt, Single-Schauspieler der U.S.A.? Das konnte nur ein schlechter Scherz des Schicksals sein. Was war aus arrogant und nicht attraktiv für mich geworden? Ich hatte mich immer gefragt, warum ihm die Frauen scharenweise zu Füßen lagen. Allmählich hatte ich da einen starken Verdacht. *Verdammter Mist!* Eigentlich war ich es ja von mir gewohnt, das eine oder andere Mal über die Stränge zu schlagen. Aber das toppte alles bisher Dagewesene um Längen.

Angestrengt versuchte ich, mir wieder die Worte von Calvin in Erinnerung zu rufen, der mir bereits zuletzt klarzumachen versucht hatte, dass an One-Night-Stands nichts Schlechtes war. *Aber Adam Mars?* Sicher, viele Frauen würden mich gerade höllisch darum beneiden. *Du darfst das auf keinen Fall durchsickern lassen, denn wenn die Presse davon erfährt, bist du geliefert!* Doch was sollte ich insgesamt davon halten? Ich hatte nicht vor, sein kleines Betthäschen zu sein. In Gedanken mahnte ich mich eindringlich, nicht noch einmal auf Mr. Sexgott Mars hereinzufallen. Und wenn ich weiter dachte, dann war schon jetzt klar, dass Adam kein Mann für eine gemeinsame Zukunft war. *Geht's noch, April? Nur, weil er dich zweimal gevögelt hat, denkst du tatsächlich schon über eine Zukunft an der Seite von Adam Mars nach? Armselig. Wirklich.* Zumal so etwas sicherlich nicht meine Vorstellung von Leben war.

Mein kurzes Hochgefühl, das eindeutig nur dem phänomenalen Orgasmus durch Adam Mars geschuldet war, war kolossaler Verwirrung gewichen. Wenigstens hatte ich mir nicht die Blöße gegeben, von Adam in meinem Requisitenlager zurückgelassen zu werden. Ich hatte ihn stehenlassen. *Immerhin.* Was mich aber irgendwie auch zu meinen nächsten Problemen führte: Erstens musste ich noch den ganzen Tag am Set und in der Nähe von Mr. Mars verbringen in dem Wissen, dass er mich weitaus besser kannte als irgendwer sonst. Und zweitens wollte er mich ja auch noch nach Hause fahren.

Eigentlich hätte ich gerade das gerne abgesagt und unseren Kontakt weiterhin nur auf die Arbeit begrenzt. *Weiterhin? Schlechter Scherz. Ehrlich. Schließlich ist der Kontakt alles andere als distanziert, meinst du nicht?*, frage ich mich in Gedanken, während ich einen letzten Blick in den Spiegel warf. *Alles wieder zurechtgerückt, als wäre nichts passiert. Okay. Fast.* Wäre da nicht der kleine, jedoch feine Unterschied zu zuvor: Denn leider hatte ich in der Hitze des Gefechtes etwas sehr Relevantes eingebüßt. *Mein Höschen!* Und leider blieb mir keine Zeit, noch einmal kurz nach Hause zu fahren, um diesen Makel zu beheben. Vor allem wäre das alles nicht so schlimm, wenn nicht auch ER es wüsste.

Ich straffte meine Schultern und versuchte damit, zumindest dem Anschein nach, etwas von meiner Würde zurückzubekommen. Doch immer wieder schoben sich auch jetzt jene Bilder in meinen Kopf, die mir früher oder später das Genick brechen würden: *Ich, vor dem großen Spiegel, während Adam mich von hinten hart rannimmt.* Genau genommen, das wahrscheinlich aufregendste, sexuelle Erlebnis ever. *Bis jetzt. Ach, Klappe, April!*, rief ich mich schnell zur Räson, ehe ich noch auf dumme, oder besser gesagt, noch dümmere Gedanken kam. Und zu allem Überfluss erinnerte mich ein köstliches Ziehen zwischen meinen Beinen bei jedem Schritt daran, dass ich es in den letzten Tagen reichlich übertrieben hatte …

Am Set angekommen, erntete ich tadelnde Blicke ob meiner Unpünktlichkeit. Nur Adam, der bereits mit seinem Opfer vor der Kamera zugange war, schien mich nicht zu bemerken. *Zum Glück.* Möglichst unauffällig beobachtete ich, wie jeden Tag, seine schauspielerische Darbietung und war erneut wie verzaubert. War es möglich, dass hinter diesem selbstverliebten, arroganten und umwerfenden Mann mehr steckte als ein aufgeblasener Idiot? *Nein, April. Aus!* Über die vielen Stunden der Dreharbeiten hinweg versuchte ich mich möglichst unauffällig zu geben. Auch Ben, der Kameramann, bemerkte schnell, dass ich heute in den Pausen wieder nicht zu Gesprächen aufgelegt war.

Am Ende war die Szene im Kasten und ich am Rande eines Nervenzusammenbruchs. Hatte Adam sein Angebot, mich nach Hause zu fahren, nur aus Anstand dahergeheuchelt oder war es wirklich ernst gemeint? *Anstand? Bei Adam Mars? Dass ich nicht lache.* Nach wie vor hatte ich keine besonders hohe Meinung von dem

Hauptdarsteller in meinem nächtlichen Abenteuer, der auch mich nicht gerade auf eine höhere Stufe stellte. Immerhin war er für gewisse andere Dinge gut genug für mich gewesen. *Und wenn schon. Dann fährt er dich eben nicht nach Hause*, dachte ich noch, ehe Adam mich aus meinen Grübeleien riss.

„Kommst du dann? Ich warte draußen." Mehr nicht. Eine ganz normale Aufforderung, die es täglich zwischen Millionen von Menschen gab. Wäre da nicht eine äußerst neugierig dreinblickende Filmcrew um uns herum gewesen und dieses gewisse Zucken von Adams Augenbraue, das so viel mehr zu sagen schien als: Kommst du dann?

Bemüht, dieses beinahe offensichtliche Geständnis vor allen anderen wegzulächeln, versuchte ich zu retten, was noch zu retten war.

„Also dann, bis morgen, Leute." Und scheiterte kläglich. Eigentlich hätte ich auch gleich öffentlich zugeben können, dass ich mich von Adam Mars hatte ficken lassen. Mein merkwürdig unschuldiges Verhalten kam ohnehin einem Geständnis gleich. *Verdammter Adam Mars und seine distanziert coole Art. Ihm kann es ja egal sein, was die Kollegen oder sogar die Medien denken. Schließlich ist ihm eh immer alles egal …*

Mit schneller werdendem Schritt eilte ich aus dem teils tadelnden, teils überraschten Sichtfeld der Crew und zum Ausgang. Auf dem Weg schnappte ich mir noch meine lila Kunstpelzjacke sowie meine Handtasche. Wenn er nun nicht vor den Studios draußen stand, dann würde ich auf jeden Fall nicht warten, sondern das Weite suchen. Ein letztes Stoßgebet gen Himmel in der Hoffnung, dass Adam bereits weg wäre, und schon öffnete ich die Tür zum Hof. *Verdammt!* Da stand er. Lässig an sein … was auch immer … gelehnt, lächelte er mich wissend an. Das mit dem Gebet hatte wohl nicht ganz funktioniert. *Vielleicht benutzt du in letzter Zeit auch einfach zu oft das Wörtchen verdammt*, gab ich kurz zu bedenken und ging dann langsam auf Adam zu.

Ganz schön kalt im November draußen, so ganz ohne Höschen, dachte ich noch und ich konnte wetten, dass auch Adam etwas Ähnliches durch den Kopf ging. Anschließend setzte ich zum letzten Versuch an, vielleicht doch noch aus dieser Sache herauszukommen. Wohlwissend, dass vermutlich hinter uns schon die gesamte Belegschaft an den Fensterscheiben klebte, um uns zu beobachten.

„Hör mal, es ist nicht nötig, dass du mich heimfährst. Ich schaffe das ganz gut alleine."

„Mir schon klar."

War's das? Weiter nichts? Na gut. Ich wandte mich zum Gehen.

„Aber vielleicht ist es dir unangenehm, so in ein Taxi zu steigen?"

Arschloch! Ich wusste es. Die Höschen-Sache. Das war so klar. Empört und auch ein wenig wütend, ob seiner direkten Frechheit, drehte ich mich um.

„Nur, damit du es weißt: Ich bin ein großes Mädchen und komme ganz gut alleine klar." *Friss oder stirb, Mars!*

„Zickigkeit zeugt nicht gerade von Reife. Hier. Jetzt steig schon auf." Mit nur wenigen Worten hatte er meine gesamte, mühsam aufgebaute und momentan auch etwas gespielte Selbstsicherheit zunichtegemacht. Ich griff nach seinem Helm und stieg dann umständlich auf Adams Höllengerät. *Schon wieder, im entferntesten Sinn*, wie ich selbstironisch zugeben musste. *Gar nicht so einfach mit einem Lederrock und besagter Freizügigkeit an gewissen, pikanten Stellen.* Aber natürlich machte Adam keine Anstalten, mir behilflich zu sein. Stattdessen beobachtete er belustigt, wie ich mich auf den Sattel quälte und Mühe hatte, freigelegte Haut und Spitzenstrümpfe zu verdecken.

„Was ist das hier überhaupt für ein Ding“, kam es mir zornig über die Lippen.

„Das, Baby, ist kein Ding. Sondern mein Rennquad. Weiter nichts. Du wirst es schon überleben.“ *Ganz toll. Jetzt hält er mich auch noch für feige.* Aber ich war nicht feige. Tief in meinem Inneren war ich eine Rebellin. Schon immer und Adam Mars würde mich garantiert nicht eines Besseren belehren. Bockig, wie ich eigentlich nicht sein wollte, rückte ich meine Kleidung, so gut es eben ging, erneut zurecht, setzte den Helm auf und wartete brav, bis auch Adam vor mir Platz genommen hatte. Meine Handtasche hielt ich dabei fest umklammert.

„Festhalten, verstanden?“ Wieder dieser Befehlston, den Adam für gewöhnlich immer an den Tag legte, wenn ich, auf welche Weise auch immer, in seine Welt eintauchte. Ich schluckte meine wieder aufflammende Wut herunter und tat, wie mir geheißen. Schließlich hatte ich nicht vor, auch noch vor aller Augen von Adams Quad, oder wie auch immer das hieß, zu segeln.

Gespannt wartete ich ab, was das Ding zu bieten hatte, bis Adam den Schlüssel im Zündschloss herumdrehte und den Gasgriff betätigte. Ohrenbetäubendes Brüllen des schwarzen Monsters ließ mein Herz ruckartig höherschlagen. Aber das war erst der Anfang. Schon im nächsten Moment schossen wir über das Gelände, hinaus auf die Straße und ich musste zugeben, dass die Kraft der Maschine sehr anregend unter mir kribbelte. Allerdings hatte ich einige Mühe, mich einhändig festzuhalten. Daher verstärkte ich meinen Griff noch um ein Vielfaches um Adams Rücken. *Enger geht's kaum.*

Erst an der nächsten Ampel fiel mir ein, dass ich ja eigentlich nicht nach Hause wollte, sondern zu June, bei der ich zum Abendessen eingeladen war. Wobei ich ohnehin bezweifelte, dass Adam wusste, wo ich wohnte. Hoffte ich zumindest. Daher brüllte ich während der Rotphase kurzerhand durch den Helm, ohne das Visier zu öffnen. Der Gedanke, dass das hilfreich sein könnte, kam mir leider zu spät.

„Könntest du mich bitte bei meiner Schwester absetzen? Sie wartet sicherlich schon auf mich." *Brüll!* Adam nickte nur. Anschließend nannte ich noch die entsprechende Adresse. Schon im nächsten Moment rasten wir weiter durch die Stadt und sogar die Kälte des Abends schien mir, an Adams Rücken geklammert, kaum etwas auszumachen. Gemeinsam ritten wir auf des Teufels Schwingen durch L.A. und ich musste zugeben, dass ich mir nichts Schöneres hätte vorstellen können. Alles in Zusammenhang mit Adam schien mich regelrecht zu elektrisieren. Seien es erotische Höhepunkte vom Ausmaß eines Tsunami oder ein Höllenritt auf seinem Monster.

Auch wenn ich es nicht zugeben wollte, die Abenteuer mit Adam ließen mich eine ganz neue Art von Leben kosten, voll unbegrenzter Möglichkeiten. Fraglich war nur, wie lange ich dem standhalten konnte …

Vor Junes Haustür angekommen, hätte ich am liebsten die Zeit zum Stillstand gebracht. Vollgepumpt mit Adrenalin, das zuckersüß durch meine Adern pumpte, klammerte ich mich immer noch an Adams Rücken. Sein wundervoller Geruch, der mich immer wieder an eine frische Meeresbrise erinnerte, flutete meine Lungen und gaukelte mir tatsächlich eine gefährliche Art von Geborgenheit vor.

Ich konnte nicht sagen, wie lange wir hier in dieser Straße voll identischer Eigenheime standen, ohne dass sich jemand von uns bewegte. *Zwei schwarze Schafe am Rande der Gesellschaft*, dachte ich plötzlich verwundert. Denn wenn jemand garantiert nicht in diese Gegend passte, dann waren es wir und das schwarze Monster. Erst, als Adams Stimme mich aus meinen Gedanken riss, fiel mir auf, wie merkwürdig ich mich gerade schon wieder verhielt. *Wie ein Klammeräffchen …*

„Ähm, wirst du drinnen nicht erwartet? Ich meine, es stört mich nicht, wie du mir meinen Rücken wärmst, dennoch glaube ich, wir werden beobachtet."

Was?

Mit einem dezenten Nicken in Richtung von Junes Haus verdeutlichte mir Adam, was genau er meinte. Ja, es stimmte. Ein Vorhang am heimelig beleuchteten Küchenfenster bewegte sich geradezu verdächtig unauffällig.

„Oh, bitte entschuldige. Ich weiß, was du meinst, und wollte dich außerdem nicht aufhalten."

„Tust du nicht."

Allein dieser simple Ausspruch ließ mein kleines, verwirrtes Herz höher schlagen. *April! Das ist wirklich total unangebracht. Nur weil er dich zweimal gefickt und einmal nach Hause gefahren hat, heißt das noch lange nicht, dass er dich mag.* Schnell hatte ich die zaghaft aufflammende Euphorie damit erfolgreich im Keim erstickt. Ein wenig niedergeschlagen löste ich meinen Klammergriff von Adams Rücken. *Seinem breiten Rücken.* Und stieg umständlich vom Quad ab.

Bedröppelt blieb ich vor ihm stehen, nicht wissend, welche Worte ich zum Abschied wählen sollte. Irgendwie fühlte es sich für mich viel tiefgründiger an als nur wie ein Abschied für eine Nacht. *Ein Abschied für immer?* Adams Blick verriet nichts. Daher lächelte ich nur noch einmal verlegen, deutete ein kleines Winken an und wandte mich zum Gehen.

„Warte."

Stocksteif blieb ich stehen, und dass mein Herz gerade einen Salto vollführte, versuchte ich geflissentlich zu ignorieren.

„Ja?", hauchte ich kaum hörbar.

„Du willst mich doch nicht so zurücklassen?"

Ich verstand nur Bahnhof. Adam zeigte kurz auf meinen Kopf. *Hä?*

„Mein Helm ..."

Ach so. Gott, wie peinlich. Eilig schälte ich meinen Kopf aus Adams Helm und reichte ihn ihm. *Nur schnell weg hier*, rief alles in mir. Erneut trat ich die Flucht nach vorne an. Doch schon im nächsten Moment wurde ich zurückgehalten. Adams große, warme Hand hatte nach meinem Handgelenk gegriffen und mich, ganz selbstverständlich und ohne zu fragen, zu sich zurückgezogen. Im Gegensatz zu mir schien er offensichtlich sehr genau zu wissen, was man in solchen zwiespältigen Situationen sagen konnte.

„Es hat mir heute sehr viel Spaß gemacht mit dir ."

Die sarkastische Seite in mir hätte am liebsten geantwortet: Das glaube ich sofort. Tatsächlich sprach er aber nur aus, was auch ich empfand: In Adams Gegenwart, so fremd mir diese auch sein mochte, fühlte auch ich mich wohl. Auch wenn ich das niemals laut zugeben würde. Daher nickte ich lediglich schüchtern und wartete, ob er noch etwas zu sagen hatte, während seine Hand mich immer noch wie eine Schraubzwinge um meinen Arm legte.

„Hör zu, morgen findet im Grand Park abends ein Mond-und-Sterne-Kinoabend statt und ich hätte gerne, dass du mich dorthin begleitest.“

Was? Wie? Wow … Natürlich fand ich auch hier nicht die richtigen Worte und spuckte daher das Erstbeste aus, was mir im Kopf herumging.

„Ist das denn überhaupt möglich? Ich meine, kannst du denn in ein öffentliches Kino, ohne von tollwütigen Teenies überrannt zu werden?“

Ach, April, ein einfaches Ja wäre doch möglich gewesen, oder? Wieder bewegte sich besagter Vorhang in Junes Haus, während Adams wunderschönes, schallendes Lachen durch die Straße hallte.

„Schön, dass du dir um mich Sorgen machst, aber ich denke, wir würden es schaffen, unerkannt hineinzukommen. Da gibt es immer Möglichkeiten.“

Okay, es ist ja sein Körper, den sie rücksichtslos unter sich zerquetschen werden.

„Wenn du dir da sicher bist, würde ich dich sehr gerne begleiten.“

Geht doch.

„Alles klar, wir fahren dann gleich nach Drehschluss morgen los. Wenn du also noch etwas mitnehmen willst, bring es am besten gleich morgens mit.“

Wie weitsichtig von ihm. Wieder nickte ich. Und dann geschah es. Plötzlich fühlte ich mich wie gefangen in seinen Augen, die im Schein der Straßenlaterne unglaublich funkelten. Auch Adam vermochte es anscheinend nicht, seinen Blick von mir abzuwenden. Stattdessen löste er den Griff um mein Handgelenk und führte seine langen Finger an meine Wange. Ihre sanfte Berührung jagte einen angenehmen Schauer durch jede

Faser meines Körpers. Einmal mehr fühlte ich mich in Adams Gegenwart wie verzaubert, obwohl er eher das Gegenteil von einem galanten Prinzen war. *Ein dunkler Prinz vielleicht?*

Immer noch unfähig mich zu bewegen, starrte ich Adam weiter mit großen Augen an, öffnete meine Lippen einen Spaltbreit. Doch nichts geschah. Kein Wort, kein Kuss, nichts. Nur dieser einmalige, elektrisierende und fesselnde Moment, der unsere schwarzen Seelen für den Bruchteil einer Sekunde füreinander öffnete.

„April? April, bist du das? Willst du nicht reinkommen? Oder uns deine Begleitung vorstellen?“ Die schrille Stimme meiner älteren Schwester durchschnitt die Magie des Augenblicks zuverlässig, wie eine handgeschmiedete Damastklinge.

Genervt atmete ich tief aus und ließ die Schultern sinken. Ich hatte mir nichts erwartet, dennoch wurde ich das Gefühl nicht los, dass gerade jetzt alles möglich gewesen wäre. Keine Coolness, keine Show und auch kein Film, nichts, was noch zwischen mir und dem berühmten Schauspieler Adam Mars gestanden hätte. Gerade hatte es für einen Moment nur das Mädchen und den Mistkerl gegeben, die sich der unmöglichen Verbindung zueinander nicht erwehren konnten.

„Das ist June, meine Schwester. Ich sollte jetzt gehen.“ Jetzt war es an ihm, nur zu nicken.

„Bis morgen.“ Dann ging ich ins Haus und verfluchte einmal mehr, dass June sich immer derart hemmungslos in alles einmischen musste. Hätte sie sich nicht einmal zurückhalten können? Schließlich war ich schon lange kein Kind mehr. Außer in ihren Augen, denn solange ich weiterhin für June unverständliche und vielleicht auch verantwortungslose Entscheidungen traf, war ich auch nicht erwachsen.

Himmelhoch jauchzend und zu Tode betrübt zugleich, fügte ich mich meinem Schicksal und begab mich ins Haus der Harris'. *Zweite Pubertät. Eindeutig.*

„Das wurde aber auch Zeit, dass du kommst", durfte ich mir noch im Vorbeigehen anhören. *Nicht die Spur von Anstand*, dachte ich wütend und ging unkommentiert an June vorbei. Ich liebte sie. Wirklich. Doch sie war einfach die meiste Zeit über sehr anstrengend. An der Garderobe zog ich meine Jacke und auch die Stiefel aus, wusch mir im Bad die Hände und ging ohne Umwege ins Esszimmer, wo ich mich an den Tisch setzte. Natürlich warteten sowohl Phil, als auch ihre Söhne George und Bill bereits auf mich. Auch das Essen, Steak, Mais, Bohnen sowie Kartoffeln, stand schon dampfend für uns bereit.

„Hi Phil", begrüßte ich meinen Schwager knapp, der immer noch seine Dienstuniform der Polizei trug. *Was für ein steifer Schnösel*, dachte ich, wie so oft, wenn ich den Mann musterte, den meine Schwester sich für ihr Leben ausgesucht hatte. *Na ja. Jedem das Seine.* Und ich mochte wetten, dass er sich heimlich Pornos ansah. Den Jungs nickte ich nur kurz zu, denn entgegen der schlechten Meinung meiner Schwester über alles, was Spaß machte, waren diese in ihre portablen Videospiele vertieft. Etwas, was ich bei Tisch niemals erlauben würde. *Da bin ich wohl tatsächlich spießiger als June. Eine Premiere.* Aber Erziehung war anstrengend und so hatten Bills und Georges Eltern bei Tisch ihre Ruhe. *Traurig, irgendwie.*

Da ich hoffte, nicht weiter über meine Begleitung, wie June Adam vorhin genannt hatte, ausgefragt zu werden, erkundigte ich mich einfach scheinheilig nach Phils Tag.

Es funktionierte. Der sonst so reservierte Phil blühte nämlich für gewöhnlich nur bei einem einzigen Thema auf: seinem täglichen Kampf gegen die Kriminalität auf L.A.s Straßen. Das ging so lange, bis June immer nervöser wurde und derart laut mit dem Besteck auf ihrem Teller herumhantierte, dass unsere Gespräche schließlich verstummten. Sobald sie ihre Chance witterte, ging es auch schon direkt los.

„Willst du uns nicht aufklären, wer dieser Mann war?“

Ich musste nicht lange überlegen.

„Nur ein Bekannter.“ Mit unspezifischen Antworten hatte ich meine Schwester schon immer zur Weißglut gebracht. Leider war gerade das auch heute noch sehr reizvoll für mich, sodass ich mich schlecht zurückhalten konnte.

„Aha. Ein Bekannter. Geht es vielleicht auch ein wenig genauer?“

„Niemand, den du kennst.“

„April!“ Unschuldig dreinblickend sah ich auf und lächelte meine Schwester provokant an.

„Herrgott, June. Wer soll es denn schon gewesen sein? Er hat mich von der Arbeit zu dir gefahren, damit ich nicht das Taxi nehmen musste.“ Dabei fiel mir wieder ein, dass ich zwischen den Beinen immer noch reichlich spärlich bekleidet war. Aber im Gegensatz zu vorhin mit Adam wusste das hier ja niemand.

„Also kennst du den Mann von der Arbeit. Wenigstens nicht aus dem Dark Room von letztens.“

Das musste ja kommen, wobei June sicher nicht ahnte, wie nah sie damit bereits an der Wahrheit kratzte. Schon setzte sie ihre Tirade fort.

„Darüber wollte ich sowieso mit dir sprechen. April, wie konntest du nur so unverantwortlich sein und …“ Schnell unterbrach sich June selbst, ehe ihr noch etwas

Ungehöriges vor Phil und den Jungs herausrutschte. Dass sie das Thema aber überhaupt vor ihrem Mann zur Sprache brachte, fand ich schon allerhand.

„Ich bin mir nicht sicher, ob ich hier mit dir darüber reden will. Außerdem kann ich nur immer wieder betonen, dass es meine Angelegenheiten sind und du das bitte zu respektieren hast."

„Aber, aber … April, das ist doch kein Leben." *Autsch!* Zum Glück war ich von June schon einiges gewohnt, sonst wäre ich vermutlich entrüstet aufgestanden und einfach gegangen.

„Das sehe ich anders. Außerdem, was spricht denn dagegen, dass ich mich mit Männern treffe? Wie soll ich denn sonst den Einen fürs Leben finden, wie du es immer betonst?"

„Da triffst du den Nagel auf den Kopf, Schwesterchen. Klar kannst du dich mit Männern treffen. Aber meinst du, ich würde je akzeptieren, dass sich meine Schwester durch sämtliche Betten L.A.s schläft?" Jetzt war es an Phil, hellhörig zu werden. Er wagte jedoch keinen Einspruch.

„Das tue ich nicht, das weißt du. Und nur, weil ich deine Vorstellung vom perfekten Leben nicht teile, heißt das noch lange nicht, dass meine Variante schlechter ist." Etwas leiser fügte ich hinzu: „Wenigstens habe ich noch Spaß." Damit brachte ich das Fass zum Überlaufen.

„Das ist ja wohl die Ober-Frechheit. Ich habe sehr wohl Spaß, nur eben in vernünftigem Maß."

Allmählich war mir gehörig die Lust auf einen gemeinsamen Familienabend vergangen.

„Weißt du was, June? Ich glaube, ich werde jetzt nach Hause gehen. Denn ich habe nicht vor, mich weiter von dir verurteilen zu lassen, nur weil Adam mich zu dir gefahren hat.“ Junes Augen weiteten sich. Genau so, wie sie es immer taten, wenn sie Lunte gerochen hatte.

„Du hast dich von Adam Mars zu mir fahren lassen? Hast du das gehört, Phil?“

Oh, verdammt. Das hatte ich eigentlich vermeiden wollen. Wenigstens hatte ich keinen Nachnamen erwähnt.

„Und selbst wenn es so wäre, würde es dich auch nichts angehen. Akzeptiere wenigstens nur einmal meine Entscheidungen.“ Damit hatte ich endgültig genug.

„Danke für das Essen. Phil, es war mir wie immer ein Vergnügen.“ Ich stand auf, streichelte meinen unerzogenen Neffen noch einmal über die Schultern, die es jedoch noch nicht einmal für nötig hielten aufzusehen, und ging hinaus. Eilig nahm ich meine Jacke und zog die Stiefel an, während June mir noch empört hinterherrief, ich könne doch jetzt nicht einfach gehen und, dass sich das nicht gehörte. Peng! Die Haustür war zu und ich draußen.

Wütend auf June und auch auf mich selbst schlenderte ich die schwach beleuchtete Straße entlang, an deren Ende sich eine Bushaltestelle befand. Außer mir war sonst niemand unterwegs. Aber, das sollte mich nicht weiter stören. Ich war in Gedanken ganz bei Adam und unserem magischen Moment, der mir immer noch mein Herz von innen erwärmte. Was auch immer dieser arrogante Schauspieler mit mir anstellte, es war absolutes Neuland für mich, und ich mochte wetten, dass auch mit June das letzte Wort dazu noch nicht gesprochen war. Doch ich würde mich in ihrer Gegenwart zurückhalten, was Adam anging. Das hatte sie sich selbst zuzuschreiben. So viel stand fest.

Am Ende stieg ich in den Bus und fuhr meinem Appartement entgegen, in dem meine süße Katze Bella sicherlich schon sehnsüchtig auf mich wartete.

Kapitel 6
Adam

Gestern war ich noch lange durch L.A. gecruist. Aufgewühlt durch April und ihren Hundeblick, der mich binnen Sekunden entwaffnete und zum Schlappschwanz machte, benötigte ich noch einige Zeit zum Dampfablassen. Sicher, ich hätte auch in den Dark Room gehen und mich dort ein wenig ablenken können. Doch irgendetwas in mir sträubte sich vehement gegen ein weiteres Abenteuer. *Auf ein Abenteuer ohne April. Was scherst du dich eigentlich um diese fremde Kleine? Sonst sind dir doch die Frauen, die du vögelst, auch egal?*

Letztlich musste ich einsehen, dass ich noch so lange, noch so schnell durch die nächtlichen Straßen heizen konnte, doch Aprils unschuldiger Blick, ihre rosa Lippen und ihr elfengleiches Antlitz gingen mir einfach nicht aus dem Kopf. *Antlitz? Bist du noch ganz dicht, Mars?* Also war ich irgendwann doch ins Hotel, in mein dauerhaft gemietetes Penthouse gefahren und hatte die restlichen Stunden der Nacht Konzerte von Rockbands angesehen. Ein wenig befriedigender Ausgleich zu allem, was mir in Zusammenhang mit April im Kopf herumspukte.

Eigentlich war ich obendrein wütend auf mich selbst, dass ich mich nicht besser im Griff hatte. Warum noch gleich hatte ich April auch für heute Abend eingeladen? *Weil du irgendwie glaubst, jeden verdammten Tag mit ihr verbringen zu müssen, du armseliger Idiot. Aber dann auch noch*

Kino? Nicht gerade ein glorreicher Einfall für ein Date von zwei Menschen, die ohnehin in der Filmbranche tätig waren. Dafür umso klischeehafter.

Heute, während des Drehs, hatte ich April nicht gesehen, denn als Requisitenausstatterin war sie zwar oft anwesend, aber eben nicht immer. Schließlich hatte sie auch Einkäufe zu tätigen oder in ihrer Werkstatt spezielle Ausstattungsgegenstände fürs Set per Hand herzustellen.

Jedenfalls zog sich der Tag wie Kaugummi und alleine die Tatsache, dass ich genau wusste, woran das lag, ging mir gehörig auf die Nerven. *Schon wieder.* Am Ende ging ich missmutig zu Aprils Lagerraum, um zu sehen, ob sie noch arbeitete. Und das war schon weitaus mehr, als was ich sonst für ein Date zu tun bereit war. *Ein Date …* Wie merkwürdig das klang. Doch April war nicht da, was nicht ungewöhnlich war, jedoch auch nicht ganz das, was ich erwartet hatte, denn das Requisitenlager war abgeschlossen. Da sie für gewöhnlich alleine arbeitete, konnte mir auch niemand sagen, wo sie sich befand. Auf die fragenden Blicke der weiteren Crew, der ich begegnete, ging ich gar nicht erst weiter ein. *Mir doch scheißegal.*

Am Ende ging ich, wütend auf mich und den Rest der Welt, nach draußen zu meinem Quad. Wenn April keinen Bock auf Kino hatte, dann eben nicht. Ich würde ihr jedenfalls nicht hinterherlaufen. *Sicher nicht. Oder?* Gedankenverloren stapfte ich durch die Hallen, bis ich schließlich das große Tor nach draußen passierte. Nur noch einmal um die Ecke gehen und schon konnte ich auf meinem Quad verschwinden.

Und dann sah ich sie:

April stand bereits dort und lächelte mich entschuldigend an. Mit einem Mal waren sämtliche Wut und Unsicherheit, die ich immer noch nicht richtig einordnen konnte, aus meinen Gedanken verschwunden. Meine kleine Elfe hatte brav hier draußen auf mich gewartet, während ich Vollidiot das halbe Studio nach ihr absuchte. *Verdammte Scheiße.*

„Ich dachte schon, du kommst nicht mehr", begrüßte April mich geradeheraus.

„Sorry. Wurde aufgehalten. Können wir los?" Ganz sicher würde ich ihr nicht unter die Nase reiben, wie idiotisch unsicher ich mich gerade benommen hatte. April nickte. Dabei entging mir die Decke nicht, die sie säuberlich zusammengerollt unter dem Arm trug. Im November war es in L.A. immer noch vergleichsweise mild bei etwa achtzehn Grad untertags. Nachts hingegen konnte es schon etwas frischer werden, vor allem, wenn man beabsichtigte, die nächsten Stunden in einem Open-Air-Kino zu verbringen.

Ich nahm ihr Tasche und Decke ab und verzurrte im Schein der Laternen hier draußen alles mittels entsprechender Gepäckgurte auf der dafür vorgesehen Ablage des Quads. Diesmal brauchte ich April nicht zu betteln, denn noch ehe ich sie auffordern konnte, hatte sie auch schon auf meiner Maschine Platz genommen. Diesmal trug sie eine schwarze, zart glänzende und hautenge Hose sowie silbergraue Stiefel. Unter ihrer schwarzen Pluschjacke konnte ich noch den unteren Teil eines ebenfalls silbergrauen, überlangen Pullovers erkennen. April hatte Geschmack. *Meinen Geschmack.* So viel stand fest. Denn das Letzte, was ich an Frauen mochte, waren aufgetakelte Paradiesvögel mit zu viel Make up. April hingegen stand auf schlichte, überwiegend dunkle Farben, was ich sehr begrüßte. *Mit Ausnahme dieses mädchenhaften, rosa Lippenstifts, der mich schier in den Wahnsinn treibt.*

Ich reichte ihr, wie auch beim letzten Mal, meinen Helm, stieg ebenfalls auf und sie schlang ihre Arme von hinten um mich herum. Ein wohliges Gefühl durchflutete meine sonst so kalte Seele, als ihre Schenkel sich nah an die meinen pressten und ich ihre Wärme bis in mein Innerstes spüren konnte. Brüllend startete der Motor, sobald ich den Zündschlüssel im Schloss herumdrehte, und schon im nächsten Moment brausten wir in Richtung Grand Park davon.

Die Karten für das Mond-und-Sterne-Kino hatte ich mir heute von einem Mitarbeiter am Set unauffällig besorgen lassen. So verhinderten wir, an den Kassen allzu viel Aufsehen zu erregen. Wir stellten das Quad am hinteren Ende des Parks in der Nähe des großen, bunt beleuchteten Springbrunnens ab. Von dort aus waren es nur wenige Meter bis zur letzten Reihe des Vorführungsbereichs. In unregelmäßigen Abständen waren dort übergroße Sitzsäcke aufgebaut, die zum Verweilen einluden. Einige einzeln, andere nah an anderen positioniert. *Ideal für Pärchen*, dachte ich noch, ehe ich mich im nächsten Augenblick am liebsten dafür geohrfeigt hätte. *Schwülstiger Trottel!*

Ich schob die Kapuze meiner Jacke für den Moment tief in mein Gesicht, sodass wir den Kartenabreißer unerkannt passieren konnten. Schnell hatten wir ein passendes Sitzsackpaar etwas abseits von den anderen gefunden und uns darauf niedergelassen. Sobald das Licht der umherstehenden Strahler erlosch, konnte ich auch meine Kapuze wieder abnehmen und anfangen, den Abend zu genießen. Denn auf kreischende Fans hatte ich ohnehin nie Lust. Beinahe unmittelbar nachdem wir Platz genommen hatten, breitete April auch schon ihre mitgebrachte Decke über uns aus. Vermutlich hätte sie es für egoistisch gehalten, nur sich selbst zuzudecken. Trotzdem fühlte ich mich dadurch noch schlappschwanzmäßiger als zuvor. Zumal überall wärmende Heizstrahler für die frierende Damenwelt aufgestellt waren.

Ich hatte keinen Plan, welchen Film wir heute überhaupt sehen würden, aber im Prinzip war mir das auch egal. *Sehr alarmierende Anzeichen, Mars. Ehrlich!*

Nun warteten wir gespannt, was uns hier präsentiert werden würde. Leider war uns beiden als echte Filmkenner bereits beim Vorspann klar, um welchen Streifen es sich handelte. Beinahe aufs Stichwort erntete ich dafür einen belustigten Seitenblick von April.

„Saw IV? Echt jetzt?"

Verdammt! Ich hätte mich wohl doch besser informieren sollen, was gezeigt wurde.

„Sorry. Ich habe mir die Karten besorgen lassen und …"

„Das macht doch nichts. Eigentlich geht es ja eh mehr um die Atmosphäre, oder?"

Wow! April war echt verständnisvoll und gar nicht verzogen, im Gegensatz zu den Tussen, die ich sonst für gewöhnlich traf.

„Vielleicht hätte ich lieber Karten für ein richtig tolles Football-Spiel organisieren sollen? Da wäre wenigstens, zusätzlich zur Atmosphäre, noch etwas Unterhaltung geboten."

„Football? Bitte nicht."

Wieder ein Schuss in den Ofen, ärgerte ich mich.

„Magst du kein Football?", versuchte ich es erneut.

„Oh doch. Aber ich gehe nie zu irgendwelchen Sportveranstaltungen, bei denen Bälle mit im Spiel sind."

Jetzt war ich verwirrt. *Merkwürdiger Tick oder gar Aberglaube?* Ich würde es sicher gleich herausfinden.

Mein Blick sprach Bände, denn sofort begann April sich zu erklären.

„Das findest du jetzt sicher sehr merkwürdig. Doch leider wurde ich mit einem sehr lästigen Talent geboren."

Jetzt verstand ich endgültig nur noch Bahnhof. April richtete sich ein wenig in dem Sitzsack auf, räusperte sich und verkündete dann feierlich: „Du hast die Ehre neben dem einzig wahren und zu hundert Prozent zuverlässigen, offiziellen Ballmagneten zu sitzen."

Ich … Was? Damit hatte ich nun wirklich nicht gerechnet und prustete unverblümt laut los, sodass sich das Pärchen vor uns in einiger Entfernung sogar pikiert umdrehte und uns böse zuzischte, wir sollten leise sein.

„Du bist was? Ein Ballmagnet? Also, du ziehst Bälle an, oder wie soll ich das verstehen?", versuchte ich zwischen meinem Lachen hervorzubringen.

„Jap. Das tue ich. Immer und überall. Wann immer ein Ball, oder ersatzweise auch ein Puck, in meiner Nähe geworfen oder geschossen wird, landet er früher oder später garantiert in meinem Gesicht. Eher früher als später, wenn ich es mir recht überlege." *Oh mein Gott.* Ich konnte nicht mehr. Die Vorstellung war einfach zu komisch.

„Jetzt lach nicht. Das ist eine ernste Angelegenheit, Adam", witzelte April gespielt entrüstet und schlug mir anschließend mit der flachen Hand auf meine Schulter.

„Das glaube ich sofort. Klingt ganz schön unangenehm."

„Ist es, ist es. Ich hatte davon schon die einen oder anderen, tagelangen Kopfschmerzen. Das kann ich dir sagen."

„Seit wann weißt du von deinem Talent? Ich meine, wann hast du es entdeckt?", versuchte ich es nochmals auf die ernste Tour, was mir allerdings nur mäßig gut gelang.

„Na ja. Eigentlich war es schon immer so. Früher dachte ich, es wäre Zufall, aber mittlerweile weiß ich, so viele Treffer können kein Zufall sein. Aber hey, du musst das positiv sehen, Adam. Wann immer du während eines Spiels in meiner Nähe sitzt, bist du absolut safe gegen Ballattacken. Denn der Ball trifft garantiert mich.“ Aprils engelsgleiches Lachen, natürlich sofort gefolgt von einer weiteren Rüge durch das Pärchen vor uns, ließ mein Herz plötzlich höher schlagen. *Was stellt diese kleine Elfe nur mit mir an?*

„Da hast du recht. Das muss ich mir merken, denn wenn ich das nächste Mal zu einem Spiel der L.A. Rams gehe, dann nehme ich dich auf jeden Fall mit. Schon alleine, um einen Ball abzusahnen.“ Jetzt lachten wir beide.

„Abgemacht.“ Damit schüttelte April mir sogar offiziell die Hand. Ich konnte nur noch doof glotzen, so sehr haute diese Kleine mich von den Socken. Eilig versuchte ich es mit einem Themenwechsel, ehe ich sie noch küssen musste, vor lauter Überwältigung.

„Sag mal, was hältst du, als Profi, eigentlich generell von Saw. Ich meine, ist das Setting realistisch?“ April dachte kurz nach, während sich kleine, süße Denkerfältchen auf ihrer Stirn bildeten.

„Also, abgesehen davon, dass mir der Film definitiv zu eklig ist, kann man über die Requisite nicht schimpfen. Sicher keine allzu teure Produktion, dennoch erfüllt sie ihren Zweck. Die Zuschauer sind angewidert und schockiert. Eigentlich der perfekte Film, wenn man beabsichtigt, dass sich die weibliche Begleitung erschrocken an einen kuschelt, was meinst du?“

Obwohl ich den Film nicht bewusst ausgesucht hatte, fühlte ich mich irgendwie ertappt. Was dachte April nur von mir? Dass ich derartige Tricks nötig hatte? Aber noch ehe ich darüber nachgrübeln konnte, klärte sie mich auch schon auf.

„Hey, das war nicht auf dich bezogen. Du wolltest meine professionelle Meinung hören, und das war sie. Ein Film für alle Horrorfans und auch gut geeignet für schwache Damenseelchen."

Puh, gerade nochmal Glück gehabt.

„Aber jetzt bin ich mal dran mit fragen." April sah mich auffordernd an. Ich war kein Mann großer Worte, aber ich würde ihr eine Frage gewähren. Vielleicht, würde ich sogar auch darauf antworten.

„Warum bist du Schauspieler geworden? Ist es der Ruhm, der dich antreibt, oder etwas anderes?"

Damit hatte ich nun nicht gerechnet.

„Nun ja. Der Ruhm und das Geld mag für viele vielleicht der ausschlaggebende Punkt sein. Tatsächlich aber wollte ich Schauspieler immer schon nur aus einem Grund werden."

„Jetzt bin ich aber gespannt." Damit wandte sich April noch etwas mehr zu mir.

„Der Schauspielerei selbst. Ich meine, hey, du kannst dich an jedem Tag in ein anderes Leben flüchten. Mal bist du ein völlig irrer Mörder, mal der liebende Ehemann. Einfach alles ist möglich und genau das hat mich schon immer fasziniert. Der Ruhm und die Fans sind nur ein Nebenprodukt dessen, was die Schauspielerei für mich bedeutet. Ruhm ist wichtig für den Erfolg, damit deine Filme auch gesehen werden. Aber das kann auch ganz schön anstrengend sein."

„Wow! Das hätte ich jetzt nicht erwartet", gab April offen zu.

„Was hast du denn erwartet?“ Ich war mir nicht sicher, ob ich das wirklich hören wollte.

„Na ja. Ehrlich gesagt dachte ich, dass du es gerade wegen des Ruhms machst. Ich meine, du bist ein sehr beliebter Schauspieler und die Damen vieler Altersklassen himmeln dich regelrecht an. Das muss dir doch ein gutes Gefühl geben?“

„Nein.“

„Nein? Das verstehe ich nicht.“

„Es ist ganz einfach: Je berühmter du bist, umso mehr wirst du auch in einen goldenen Käfig gesperrt. Plötzlich bestimmen andere, was gut für dich ist, oder was du zu tun und zu lassen hast. Du kannst das Haus nur heimlich verlassen oder musst sogar möglichst unbemerkt in eine Kinovorstellung gehen, nur damit du keine Massenhysterie auslöst. Nennst du das etwa schön?“

Wieder diese Sorgenfältchen und das mittlerweile vertraute Zischen von vor uns, das ich getrost ignorierte. *Dieser Kerl dort vorne soll mich nur nicht wütend machen, sonst wird er noch sein blaues Wunder erleben*, dachte ich kurz, als April endlich antwortete.

„Nein. Da hast du recht. Aus diesem Blickwinkel hab ich es noch nie gesehen. Traum und Realität liegen nicht gerade nah beieinander. Eigentlich bist du ein echt armes Würstchen, Adam Mars. Das tut mir wirklich leid.“

Na toll. Jetzt war ich auch noch ein bemitleidenswertes Würstchen. *Großes Kino, Mars. Wirklich.*

„Ganz so schlimm ist es auch wieder nicht. Jeder Job hat seine Schattenseiten.“

„Ach, ich liebe meinen Job in jeder Hinsicht. Abgesehen von den selbstverliebten, arroganten Schauspielern mit Sonderwünschen kann ich nicht klagen.“

„Hey, ich bin nicht arrogant“, wehrte ich mich postwendend.

„Sagt wer?!“

Hmmm …, schwer zu sagen.

„Stimmt. Vermutlich denken das alle. Und das ist auch gut so. Arroganz hält einem die Spinner vom Leib. Und davon gibt es in der Filmbranche wirklich genug. Aber genug von mir. Was ist das für ein Ding zwischen dir und deiner Schwester?“

April zuckte kaum merklich zusammen. Ob meiner Frage oder weil es im Film gerade eine laut untermalte Schreckszene gab, wusste ich nicht.

„Es ist kompliziert.“

Das hatte ich mir fast gedacht und ließ ihr daher kurz Zeit sich zu sammeln und zu entscheiden, ob sie mir mehr darüber erzählen wollte. Sie wollte …

„Nun ja. June ist meine ältere Schwester und hat sehr genaue Vorstellungen von einem guten Leben, die sich erstaunlicherweise genau mit dem ihren decken. Ehe, Kinder, Haus, Auto, Garten usw. Nicht ganz das, was ich mir um jeden Preis gewünscht hätte.“

„Also hast du was gegen gutbürgerliches Leben?“, hakte ich nach. Ich war nicht gerade das Sinnbild für all das. Trotzdem wunderte es mich schon. Träumten nicht alle Mädchen von klein auf genau davon?

„Nein, auf keinen Fall. Aber man kann es eben nicht erzwingen. Und bevor ich mein Leben mit einem Langweiler wie Officer Philip Harris verbringe, heirate ich lieber nicht.“

„Wem?“

„Ach, entschuldige. Er ist der Ehemann meiner Schwester und Vater ihrer missratenen Kinder.“

„Klingt aber nicht nett aus dem Mund der Tante, oder?“

„Nein, das tut es nicht. Aber wenn du sie kennen würdest, dann würdest du mich verstehen. Jedenfalls hält sich June seit dem Tod unserer Eltern vor vielen Jahren für so etwas wie meine Ersatzmutter. Eine sehr strenge Ersatzmutter. Leider hat sie mich damit schon immer provoziert und eher dazu gebracht, viele hirnrissige Dinge zu tun."

Oh! April ist Waise? Das wusste ich nicht. Am liebsten hätte ich sie dafür in den Arm genommen. *Wo kommen diese Beschützer-Anwandlungen plötzlich her, Mars?* Ich schüttelte schnell den Kopf.

„Was meinst du mit hirnrissige Dinge?"

„Hmmm … lass mich überlegen. So etwas wie ein Blind Date im Dark Room zum Beispiel?"

Jetzt mussten wir trotz des ernsten Themas plötzlich beide lachen.

„Zum Beispiel. Wobei ich das für eine Trotzreaktion schon ganz schön heftig finde. Nicht, dass ich mich nicht freue, dass du dich dafür entschieden hast. Du musst wissen, auch für mich war es das erste Mal dort."

Ihr Gesichtsausdruck sprach Bände.

„Überrascht?"

„Na ja. Schon."

„Kein besonders nettes Kompliment, findest du nicht, April? Oder denkst du etwa, ich habe das nötig?"

Ihre Mimik wechselte von überrascht in peinlich berührt.

„Bitte entschuldige. So habe ich das nicht gemeint. Du wirktest auf mich einfach bereits sehr – wie soll ich es ausdrücken? – eingespielt."

„Das nehme ich gerne als Kompliment. Tatsächlich aber war mir, ähnlich wie dir, einfach nach einem Abenteuer ohne Verpflichtungen. Und da ich gehört hatte, dass es dort sehr diskret und angenehm zugeht, habe ich den Dark Room kurzerhand ausprobiert."

„Klingt einleuchtend und gar nicht arrogant." Wieder dieses elfenhafte Lachen, das mir mein Herz erwärmte und in meinem Nacken angenehmes Kribbeln hervorrief.

„Da bin ich aber beruhigt", entgegnete ich sarkastisch. Als ob mich interessierte, was jemand anderes von mir dachte. *Tut es doch, Mars. Was April von dir denkt, ist dir auf jeden Fall wichtig. Gib es zu!*

„Wie ist das eigentlich so bei dir? Wer wartet auf dich, wenn du später nach Hause kommst?" Wieder verächtliches Zischen von der Vorderfront.

„Nun ja. Eigentlich wartet kaum jemand auf mich. Ich habe eine Katze, Bella heißt sie. Oder sollte ich eher sagen, sie hat mich? Eigentlich ist sie nicht wirklich meine Katze. Sie ist eines Tages am Fenstersims aufgetaucht und bei mir eingezogen. Zumindest zeitweise. Ich weiß nicht, wo Bella eigentlich hingehört, und sie ist auch nicht immer da. Daher habe ich eine kleine Luke am Fenster einbauen lassen, damit sie kommen und gehen kann, wann sie will. Ich wohne im oberen Stock, das scheint sie aber nicht zu stören."

„Sozusagen eine Katze, die dem ganzen Haus gehört."

„Ja, so ungefähr. Für die meisten Leute klingt das merkwürdig, aber ich halte nichts davon, ein Tier sein Eigen zu nennen. Schon gar keine Katze. Sie bestimmt ohnehin immer, wie der Hase läuft, und wenn sie keine Lust hat, ist sie auch einmal mehrere Tage verschwunden." Aprils dunkle Augen strahlten sogar in der Dunkelheit noch wunderschön, als sie von Bella sprach.

„Sie reicht mir zum Kuscheln, wenn ich einsam bin, und wenn Bella nicht da ist, dann tut es zur Not auch meine Fernbedienung."

„Deine was? Habe ich richtig gehört? Fernbedienung?"

„Oh ja! Kaum zu glauben, aber es kuschelt sich wirklich gut damit. Irgendwie kann ich viel besser einschlafen, wenn ich sie in der Hand halte." Ich wusste nicht, was es war, aber diese Kleine rührte derart stark an mein Herz, dass es mir unangenehm war.

„Du bist wirklich strange, weißt du das?"

April zuckte nur mit den Schultern.

„Ich weiß. Aber hey, gewöhnlich wäre ja auch langweilig, oder?" Womit sie eindeutig recht hatte.

„Da fällt mir ein, möchtest du etwas trinken? Oder essen vielleicht?"

„Sehr gerne. Moment, ich hole uns was, damit du nicht erkannt wirst." *Immer hilfsbereit, meine Kleine, dachte ich beinahe verliebt. Aber nur beinahe!*

„Warte, darauf bin ich vorbereitet." Ich zog aus der Innentasche meiner Jacke eine Dose Coke sowie die dazugehörige, obligatorische Packung Tütenpopcorn hervor und reichte sie April.

„Adam Mars. Du bist wirklich immer für eine Überraschung gut, wobei du mir in Puncto Eigenheiten kaum nachstehst. Und überhaupt, ist das Hineinschmuggeln von Essen und Trinken in Kinovorstellungen nicht verboten?", witzelte April mit erhobenem Zeigefinger.

„Bestimmt sogar. Aber gerade das macht es ja so reizvoll."

„Der Punkt geht an dich." Und irgendwie freute ich mich sogar darüber, dass April meinen kleinen, zugegeben, etwas sehr bescheidenen Einfall zu schätzen wusste.

„Auf alle Fälle bist du weit weniger verzogen, als es für mich den Anschein machte“, fuhr April unbeirrt fort.

„Warum klingt alles Nette, was du über mich sagen willst, immer eher nach einer Beleidigung?“

„Weil ich das schwarze Schaf der Familie bin, weißt du noch? Ich bin nicht nett.“

Oh doch, bist du. Es gibt nur viel zu wenig Menschen, die es dir sagen. Plötzlich regte sich ein Gefühl in mir, das mich dazu treiben wollte, April noch viel deutlicher zu sagen, was für ein toller Mensch sie war. Ich wollte es ihr an jedem Tag, in jeder Stunde sagen, damit sie es auch ja nicht vergaß. *Abartig romantisch.* Schnell wechselte ich erneut das Thema und hoffte, dass April davon nicht allmählich schwindelig wurde.

„Was meinst du, wollen wir uns das Gemetzel hier noch länger antun, oder machen wir, dass wir wegkommen?“

„Ich hatte schon befürchtet, du fragst nie.“

Autsch! Aber der Film war wirklich grottig, das musste ich leider zugeben. April legte die Decke zusammen und schon eilten wir zurück zum Quad. Immer noch lachend und scherzend legten wir die wenigen Meter zurück, während April sich mit einem Arm bei mir unterhakte.

„Wie soll ich mir denn nun das Popcorn in meinen Mund stopfen?“, fragte sie erheitert. Schnell nahm ich mit meiner freien, linken Hand eine Portion aus der Tüte, die April in ihrer rechten Hand hielt, und steckte sie ihr in den Mund. Ich stockte. *Ein wirklich sinnlicher und gleichzeitig auch sehr komischer Augenblick*, wie ich fand.

„Donke fön", nuschelte sie mit dem Mund voll Popcorn.

„Gerne. Hast du Lust, mich noch ins Hotel zu begleiten?"

Eilig würgte April die kleinen Maishäppchen herunter.

„Du wohnst im Hotel?"

„Ja, die meiste Zeit schon. Ich finde das angenehmer. Ich muss mich um nichts kümmern und für einen festen Wohnsitz ist später noch genug Zeit."

„Okay, verstehe. Sehr gerne."

Ich konnte nicht sagen, was mich mehr verwirrte: die Tatsache, dass es mich wirklich interessierte, was April von meiner Art zu leben hielt, oder das merkwürdige, übermäßig starke Pochen in meiner Brust, das Aprils Zusage zu meiner Einladung feierte. Aber wenn ich den Abend schon mit einem katastrophalen Film ruiniert hatte, dann bekam ich so wenigstens noch eine kleine Chance, ihn zu retten. *Und ich weiß auch schon genau, wie ich das anstellen werde …*

Kapitel 7
April

Meine Weltanschauung bezüglich arroganter Schauspieler hatte sich plötzlich geändert. So weit, wie es nur eben möglich war. Hatte ich nicht vor Kurzem noch vor meinen Freunden lautstark über den arroganten Arsch Adam Mars hergezogen? Wie sehr man sich doch durch seinen ersten Eindruck täuschen lassen konnte. Eigentlich sollte ich besser wissen, dass die Fassade eines Menschen nicht immer das preisgab, was in seinem Inneren schlummerte. Adam war das beste Beispiel dafür, dass wir immer nur das von den Menschen zu sehen bekamen, was sie bereit waren zu zeigen.

Schon lange hatte ich nicht mehr so viel Spaß gehabt wie heute Abend mit Adam. Gut, der Film war Mist, das Pärchen vor uns nervte tierisch und auch die Verpflegung war mehr als spartanisch. Aber gerade die Schlichtheit dieses paradoxen Abends war es, die mich begeisterte. Wenn ich eines nicht leiden konnte, dann waren es große, inszenierte Veranstaltungen. Aber wenn man mit einem Menschen Spaß haben konnte, egal, wie simple und vielleicht auch verpatzt der Abend ansonsten war, dann war das ein sehr gutes Zeichen. *Gutes Zeichen für was? Jetzt fang bloß nicht an, etwas in dieses Date hineinzuinterpretieren, April, was nicht da ist. Er hat doch selbst gesagt, dass er momentan nur auf der Suche nach einem Abenteuer ohne Verpflichtungen ist. Also, kein Grund, gleich mit Herz und Verstand bei ihm einzuziehen. Im übertragenen Sinne, natürlich.*

Es dauerte nicht lange, bis wir vor dem Hotel ankamen. *Wow! Was für ein Luxusschuppen.* Aber klar, als Superstar, der Adam Mars war, wohnte er natürlich nicht in irgendeinem abgefuckten Motel. Wir parkten kurzerhand einfach frech auf dem Gehweg vor dem Haupteingang, was das Hauspersonal offensichtlich nicht im Geringsten störte. Adam warf einem der Portiers den Schlüssel zu, hängte den Helm an den Lenker und schon gingen wir zusammen, ohne ein weiteres Wort, hinein. Anscheinend gab es hier so eine Art Abmachung, die das schwarze Monster betraf.

Ebenso stillschweigend stiegen wir in den Aufzug und fuhren bis ins oberste Stockwerk. Adam hatte ja bereits erwähnt, dass er das Penthouse fest gemietet hatte. Der Lift öffnete sich und tatsächlich befanden wir uns sofort mitten drin in Adams Reich. *Doppel-Wow!*

„Möchtest du was trinken?"

Äh, was? Ich kam aus dem Staunen nicht mehr heraus. Purer Luxus, soweit das Auge reichte. Das Penthouse bestand aus mehreren Ebenen und dennoch nur aus einem Stockwerk. Der Wohnbereich links befand sich auf einer kleinen Erhöhung die mit lackschwarzen Fließen ein echter Hingucker war. Vor den ausladenden, ebenfalls dunklen Sofas befand sich in passendem Kontrast dazu, ein flauschiger, weißer Teppich. Rechts hingegen war der Schlafbereich angesiedelt. Ein großes Kingsize-Bett thronte erhaben in Beige- und Blautönen mittig an der Wand. Von den vielen, wunderschönen und farblich passenden Kissen ganz zu schweigen. *Ein absoluter Traum.* Natürlich gab es eine Bar, einen Arbeitsbereich und auch eine Art Lesebereich, der mit einem großzügig gefüllten

Bücherregal ausgestattet war. Jeder Teil der Luxuswohnung war farblich perfekt abgestimmt und dadurch getrennt von den anderen zu sehen.

„April?"

Schnell schüttelte ich den Kopf, da ich aufgrund der vielen Eindrücke nicht in der Lage gewesen war, meinen Mund zum Sprechen zu bewegen. Schließlich stand er immer noch sperrangelweit offen. *Jetzt sag schon was!*

„Ähm, ja. Gerne. Ein Wasser, bitte."

Adam nickte nur und arrangierte mein Wasser an der Bar mit Eiswürfeln und … *Wahnsinn! Erdbeeren!* Ich legte Jacke und Stiefel ab, begab mich zu einem der Barhocker und zu meinem Wasserglas. Fast fühlte ich mich ein wenig erschlagen von der Vielzahl an Eindrücken und sogar der düstere Adam wirkte hier drin seltsam surreal und auch ein wenig fehl am Platz. Dieser pompöse Chic passte so gar nicht zu dem vielen Schwarz und dem Leder, das Adam so gerne trug. Allerdings fragte ich mich schon, wie er es machte, nicht einmal auf dem Quad zu frieren, wenn wir nachts damit unterwegs waren. Sicher, in L.A. war es auch im November noch halbwegs erträglich. Dennoch fröstelte es mich schon auf dem schwarzen Monster. Adam hingegen schien einfach nie zu frieren, selbst, wenn er wie heute auch nur wieder eine dünne Lederjacke trug. *Offen, wohlgemerkt.*

Verlegen nuckelte ich mit dem Strohhalm an meinem Wasser und wartete, dass irgendetwas geschah. Adam stand immer noch hinter der Bar.

„Du fühlst dich hier nicht wohl?" *Spitzfindige Feststellung, Mr. Mars.*

„Doch. Nein. Das ist es nicht", stammelte ich.

„Ich weiß genau, was du meinst. Es ist wirklich schön hier und trotzdem sehr unpersönlich. So geht es mir auch. Dennoch lohnt es sich nicht, sesshaft zu werden. Ich weiß nie, wohin mich der nächste Dreh verschlägt, und außerdem könnte ich mich niemals für eine Stadt entscheiden."

„Also lebst du wirklich immer nur in Hotelzimmern?"

„Im Prinzip, ja. Außer, wenn ich meine Eltern auf ihrem Gut besuche. Aber das ist eine andere Geschichte. Wenn du willst, nehme ich dich einmal dorthin mit. Es ist wirklich schön da und man kann super abschalten."

Was? Er würde mich mit zu seinen Eltern nehmen? War das jetzt der nächste Schritt in Richtung Ernsthaftigkeit? *Schluss jetzt, April! Du wolltest keine ernste Beziehung und schon gar nicht mit Adam Mars!*

„Ja, gerne, wenn wir mal frei bekommen. Momentan spannen sie uns am Set ja schon sehr stark ein."

„Das stimmt. Wobei ich die nächsten Tage ohnehin nicht dort bin. Ich habe einige Foto- und Pressetermine und das Management ist der Meinung, dass ich sie in jedem Fall einhalten soll."

„Klingt sehr danach, als ob sie fürchten würden, du könntest die Termine einfach sausen lassen?"

„Du kennst mich gut. Tatsächlich kann ich diese Termine wirklich nicht ausstehen und wenn ich absolut keine Lust habe, gehe ich auch schon mal nicht hin. Aber, da ich diesen Management-Haien allmählich mal wieder einen Brocken Teamfähigkeit hinwerfen muss, werde ich mich fügen. Diesmal." *Adam, der Rebell. Sehr attraktiv,* wie ich fand. Allerdings spürte ich plötzlich auch etwas in meiner Brust, das vor zwei Minuten garantiert noch nicht dagewesen war: Ein kleiner, fieser Stich in meiner Herzgegend, der sich nicht wegargumentieren ließ. *Adam muss fort?* Meine Stimmung hatte urplötzlich ihren Tiefpunkt erreicht. Adam schien meine Traurigkeit zu spüren, was mir sehr peinlich war. Ich wollte nicht rumheulen, auch nicht, wenn es nur innerlich war. Ich wollte keine Trantüte sein, jetzt, wo er mich sogar mit zu sich nach Hause genommen hatte und der Abend mehr als schön verlaufen war …

Langsam ging er um den Tresen herum und auf mich zu. Seine langen Finger berührten meine Wange, strichen sanft darüber. Automatisch schmiegte ich mein Gesicht hinein, als ob es das Selbstverständlichste von der Welt wäre. Dabei kannte ich diesen Mann mit dem finsteren, eisblauen Blick doch gar nicht. *Nicht wirklich.*

„Ich weiß, wie ich dich auf andere Gedanken bringe.“ Adam wartete gar nicht erst ab, ob ich darauf eingehen wollte. Stattdessen nahm er mir das Glas aus der Hand und hievte mich kurzerhand hinauf auf den Bartresen. Mein Herz schlug mir bis zum Hals und wieder einmal bewunderte ich die wunderschönen, stählernen Muskeln an Adams Oberarmen, die mir ihre Kraft spielerisch präsentierten. Denn er hatte seine Lederjacke längst abgelegt und trug, wie so oft, darunter lediglich ein schwarzes Shirt. Am Saum des Ärmels konnte ich wieder auf beiden Seiten die Spitzen einer Tätowierung erkennen und ich hätte nur zu gerne gewusst, wie das gesamte Werk aussah. *April, nicht abschweifen …*

Adam drängte sich, ohne mich zu fragen, zwischen meine Beine, sodass sich sein Kopf in etwa auf Höhe meiner Brust befand. Ein langer, intensiver Blick besiegelte das, was nun folgen würde. Erneut war ich gefangen in Adams überaus gefährlichen Aura, die mich zu seinem willenlosen Spielzeug werden ließ. Mit einer einzigen Bewegung zog er mir meinen silbergrauen Pullover über den Kopf, unter dem ich eine aufwendig verarbeitete Korsage trug. Ebenfalls in Schwarz und Silber. *Ich liebe diese Dinger einfach, denn in nichts lässt es sich weiblicher fühlen als festgeschnürte, hochwertige Stoffe.*

Sein lodernder Blick sprach Bände, denn auch er schien einen Faible für diese Art von Dessous zu haben. Aufreizend presste das enge Accessoire, das sich durch viele Haken und Ösen fest um meinen Körper schmiegte, ihm meine Brüste entgegen. Adam ließ sich von meinem Angebot nur allzu gerne verlocken und als er mit der Zunge den Spalt dazwischen spitzfindig nachfuhr, konnte ich mich eines zarten Stöhnens nicht erwehren.

„Ich werde dich nun mit dem Mund ficken, bis du nur noch schreien kannst." Allein seine derben Worte machten mir ein für alle Mal klar, dass ich mich von diesem Mann auf jedes nur erdenkliche Abenteuer entführen lassen würde. *Jedes …*

Adam setzte sein Versprechen sofort in die Tat um. Mit wenigen, geschickten Handgriffen öffnete er meine Hose, zog sie ruckartig unter meinem Po hervor und über meine baumelnden Beine zu Boden. Dadurch entblößte er auch den Rest meiner kleinen Dessous-Überraschung, die eigentlich keine war. Schließlich trug ich immer schöne Unterwäsche. Am Ende meiner Korsage führten lange, schwarze Bänder mit Schleifchen zu den Spitzenstrümpfen, die mir bis zu meinen Oberschenkeln reichten und fixierten sie in Position. Adams Augenbraue zuckte verräterisch. Dann drehte er mich seitlich auf den Tresen und bedeutete mir, meine Beine darauf abzustellen, mich der Länge nach auf die kalte, schwarze Holzplatte zu legen. Meine Beine reichten abgewinkelt gerade bis zum Ende des Tresens der lustvollen Qual, wie ich ihn ab jetzt nennen würde.

Mit meinen Händen hielt ich mich an den Seiten des glattpolierten Holzes fest, da ich fürchtete, ansonsten die Kontrolle zu verlieren. Gerade, wenn ich die Augen schloss, fühlte es sich an, als ob ich fliegen würde. *Wahnsinn!* Adam stellte eines meiner Beine auf einem Barhocker links vom Tresen ab, was ihm einen sehr eindeutigen Einblick in meine intimsten Zonen ermöglichte. Wenigstens trug ich immer noch meinen Slip, nicht viel Stoff, aber er verdeckte meine Blöße. Ratsch! *Okay, jetzt bin ich nackt.* Denn Adam hatte wieder einmal keine Hemmungen, die dünne Spitze kurzerhand einfach durchzureißen. Mein Herz schlug mir bis zum Hals. Aber es war nicht das einzige Körperteil, das sich verräterisch verhielt. Auch tiefere Regionen vollführten einen wahren Freudentanz in Anbetracht dessen, was nun passieren würde.

„So ist es richtig. Halte dich nur gut fest, du wirst es brauchen." Wie recht er doch hatte. Adam beugte sich nach vorne zwischen meine Beine und schon bei der ersten Berührung seiner wunderbar warmen Lippen auf der Innenseite meines Oberschenkels, durchzuckte mich ein wohliger Schauer. *Oh mein Gott!* Passierte das hier gerade wirklich? *Ja, das tut es. Du liegst mit maximal gespreizten Beinen auf dem Tresen einer Bar in einem Luxushotel und lässt dich von Adam Mars lecken. Wooooow!*

Seine starken Hände umgriffen meine Pobacken, zogen mich so noch ein wenig näher zu sich heran. Als seine Zunge meine Scham teilte, konnte ich mich kaum noch zurückhalten. Verzückt bog ich meinen Rücken durch, ihm damit noch etwas weiter entgegen. Während Adams Hände die Rundungen meines Hinterteils massierten, vollführte sein geschickter Mund wahre

Meisterwerke hemmungsloser Lust an meiner pochenden Perle. In stetem Rhythmus umkreisend, leckend, saugend und sogar knabbernd besorgte er es mir auf ganz besondere Weise, bis ich wahrhaftig schreiend auf dem Tresen lag, an den ich mich klammerte. Ich mochte wetten, dass man in sämtlichen Zimmern unter uns alles haarklein mitbekam, doch Adam kannte kein Erbarmen und schob mir seine Zunge unablässig in meine gierige Mitte.

Ein letzter, heißer Biss in meine Scham und schon war es um mich geschehen. Ein kitzelndes Feuerwerk aus kleinen Schmetterlingen flutete meinen Körper und riss mich erbarmungslos mit sich. Ich wusste nicht, wie lange ich mich winselnd und fiepend vor ihm wand, bis ich endlich wieder zu mir kam, denn ich hatte jedes Zeitgefühl verloren. Allerdings musste ich trotzdem zugeben, dass ich mich noch nie zuvor derart sexy und begehrenswert gefühlt hatte als in diesem absurden Moment purer Leidenschaft.

„Komm, Baby. Ich helfe dir runter." Damit hielt mir Adam die Hand hin und verhinderte gleichzeitig auch, dass ich durch meine weichen Knie zu Boden stürzte. Ein wenig unbeholfen rutschte ich vom Tresen und direkt in Adams Arme. Sein Blick sprach Bände, denn ich konnte ganz deutlich so etwas wie: „Na? Habe ich zu viel versprochen, Baby?" darin lesen. *Arroganter Kerl*, schimpfte ich insgeheim, wobei ich ihm natürlich dabei nicht absprechen wollte, dass er mir diesen unglaublichen Orgasmus beschert hatte. Und wenn ich glaubte, Adam würde damit genug demonstriert haben, Herr über meine Lust zu sein, dann hatte ich mich gewaltig getäuscht. *Zum Glück*.

Er führte mich hinüber zu einer großen Panoramascheibe, die durch einen Wink Adams hin wie von

Zauberhand aufglitt. Vor uns lag eine gigantische Dachterrasse, auf der sich diverse, ausladende Sitzgelegenheiten ihren Platz teilten. Kühler Wind schlug mir entgegen und verursachte mir unmittelbar Gänsehaut, während Adam sich an meinen Rücken presste und die Arme um mich schlang. Von hier oben hatte man einen sagenhaften Blick über L.A. und ich dankte Adam insgeheim dafür, dass er mir diesen ermöglichte. Millionen bunter Lichter strahlten unter uns mit den Sternen am Himmel um die Wette.

Plötzlich spürte ich ein sanftes Rucken an der Vorderseite meiner Korsage, als Adam langsam begann, die einzelnen Haken aus den Ösen zu lösen.

Adam

April schmeckte wie die zarteste Versuchung, die ich je gekostet hatte. Ihr seidig weicher Körper passte sich bereitwillig dem meinen an wie himmlische, zuckersüße Creme. Auch wenn ich es nicht gerne zugab, ich konnte absolut nicht genug von ihr bekommen. Betont langsam schälte ich sie aus ihrer dunklen Versuchung namens Korsage, legte so weitere Gebiete meiner Begierde frei. Mit Blick über die Dächer von L.A. entblößte ich sie Stück für Stück. Sogar die Strümpfe zog ich ihr herunter, ohne dass sie mich daran hinderte. Am Ende stand sie komplett nackt vor mir am Fuße der uneinsichtigen, schummerig beleuchteten Terrasse im kalten Novemberwind.

„Keine Angst, ich sorge schon dafür, dass es dich nicht friert."

Schnell streifte ich auch meine Kleider ab. Dies war das erste Mal, dass wir uns gegenseitig ohne störenden Stoff am Leib genießen konnten. Ich drehte April zu mir herum, presste ihre üppigen Brüste fest an mich. Dann hauchte ich ihr einen Kuss auf die Nasenspitze und führte sie nach draußen und hinüber zum dampfenden, hellblauen Wasser, das im großen, beleuchteten Jacuzzi schimmerte. Aprils Verzückung ob meiner Idee war ihr deutlich anzusehen.

Über eine kleine Treppe half ich ihr hinauf auf die Erhöhung und auch hinein ins angenehm warme Nass und folgte ihr anschließend auf dem Fuße. Wohlige Wärme umschmeichelte unsere Körper, bereitete sie darauf vor, wonach sich mein Schwanz schon drängend sehnte. Innerhalb des Jacuzzis befanden sich ringsherum Abstufungen, die als Sitzbank genutzt wurden. Ich positionierte mich rücklings zur Aussicht auf einer der Bänke und zog April sogleich, in kniender Position, auf meinen Schoß. Ich hatte keine Zweifel, dass sie mich nach diesem ausgiebigen Vorspiel bereitwillig empfangen würde, denn mein Schwanz ragte ihr bereits in voller Größe entgegen.

Doch zuerst würde ich mich Aprils rosigen, harten Knospen widmen, die sich aufgrund der Kälte wunderschön zusammengezogen hatten. Als ich heftig daran saugte und hineinbiss, warf April stöhnend ihren Kopf in den Nacken, sodass ihre langen, schwarzen Haare unter die Wasseroberfläche tauchten. Da erst fielen mir die großen tätowierten Schleifen über Aprils Knien auf. Wunderschön in schwarz und pink konnte ich sie deutlich unter dem glitzernden Wasser erkennen. *Sehr scharf*, dachte ich kurz, ehe sich April aufbäumte und das vollführte, wonach ich mich verzehrte.

In einer langsamen, gezielten Bewegung senkte sie ihre kleine, bereitwillige Muschi über meinem aufragenden, harten Schwanz ab und trieb ihn damit bis zum Anschlag in sich hinein. Gemeinsam hallte unser Stöhnen über den Dächern von L.A. wider, doch es kümmerte uns nicht. April verweilte nur wenige Sekunden regungslos, während sich unsere Körper in Perfektion vereinten. Anschließend begann sie, mich in sanftem Rhythmus sprichwörtlich in den Wahnsinn zu treiben. Immer wieder hob und senkte sie sich auf meinem Schoß, während ihre Brüste verführerisch vor meinen Augen im Takt dazu wippten. Unglaublich eng schmiegte sich ihre fordernde Mitte um meinen Schwanz, nahm sich damit alles, was sie kriegen konnte.

Das Wasser des Jacuzzis schwappte über den Rand des Beckens, doch auch das war uns einerlei. Gemeinsam ritten wir dem vollkommenen Orgasmus entgegen. *Hemmungslos und ungeschützt.* Aber in diesem magischen Moment wollte ich nichts mehr, als April als die Meine zu kennzeichnen, ihr meine pure Männlichkeit zu schenken. Und auch April schien den unverhüllten Kontakt zwischen uns über die Maßen zu genießen, während kein störender Gummi unsere Körper trennte.

Immer heftiger fickte sie mich und ich ließ es geschehen, dass eine Frau beim Sex die Oberhand über mich behielt. *Für dieses eine Mal.* Als April sich nochmals auf mir absenkte, kamen wir beide laut stöhnend zum gemeinsamen Höhepunkt. Kontrahierend molk sie auch den letzten Tropfen lustvollen Saftes aus mir heraus, bis sie schließlich erschöpft auf mir zusammensank. Pure Zufriedenheit war es, die ich in ihren wunderschönen Augen sehen konnte, während sie mich anlächelte, ja regelrecht verzauberte.

„Ich glaube, jetzt weiß auch der Rest der Stadt, was wir hier gerade gemacht haben“, witzelte April und ich empfand nichts als Stolz. Sollten sie es nur alle wissen, dass Adam Mars endlich sein weibliches Pendant gefunden hatte, das ihn zu einhundert Prozent ergänzte. *Was für neuerliche Gedanken, Mars, die dir hier in den Kopf schießen*, dachte ich verwundert.

Auf dies gab es für mich nur eine passende Antwort: Ich reckte meinen Kopf nach ihren weichen Lippen, die sofort zu einem leidenschaftlichen Kuss mit den meinen verschmolzen. Lang und sinnlich massierten sich unsere Zungen hier unter dem Sternenhimmel, der nur für uns zu leuchten schien. Und ein weiteres Mal fragte ich mich, wann ich eigentlich zum hoffnungslosen Romantiker mutiert war. Doch das wusste vermutlich nur das Schicksal höchstpersönlich …

Kapitel 8
April

Ein Herzschlag, in stetem Rhythmus schlagend, weckte mich sanft aus meinem geborgenen Schlaf in Adams starken Armen. Gestern Abend hatten wir uns nach unserer kleinen Eskapade nur noch über die Erdbeeren hergemacht und waren anschließend zusammen in Adams großes Bett verschwunden, um alte Filme anzusehen. *Okay, ich habe die Erdbeeren restlos verputzt, aber da kann ich einfach nicht widerstehen.*

Eigentlich hatte ich damit gerechnet, alleine aufzuwachen, denn ich hielt Adam sicher nicht für den Typ Mann, der eine heiße Nacht noch über den Morgen hinausziehen würde. Trotzdem lag er immer noch warm und überaus sexy neben mir. *Nackt, wohlgemerkt.* Gestern hatte ich endlich entdecken dürfen, was mich schon die ganze Zeit über brennend interessierte: Sein Tattoo, das bisher immer nur frech unter den T-Shirt-Ärmeln hervorgelugt hatte. Eigentlich hatte ich nur ein nichtssagendes, großes Tribal erwartet. Tatsächlich prangte jedoch ein wunderschöner, gigantisch großer Engel auf Adams Rücken, dessen Flügelspitzen bis über seine Oberarme reichten. Sehr filigran und irgendwie im gotischen Stil gestochen. *Ein absoluter Traum!* Ich liebte Tattoos und das hier war wohl das schönste, das sich je über definierte Rückenmuskeln schlängeln durfte.

Langsam regte sich der warme Körper neben mir und mein Herz schlug automatisch schneller. Wie würde der

Morgen jetzt ablaufen? Würde Adam schnell aufspringen und bereuen, dass er mich in seine privaten Räume mitgenommen hatte? Unsicherheit flutete meine Gedanken, als eine kleine Geste meine unbegründete Angst schnell vertrieb. Sanft strich Adam mit seiner Hand über meine Wange, während ich immer noch auf seiner Brust lag.

„Guten Morgen, Baby."

Langsam richtete ich mich halbwegs auf und stützte mich auf dem Ellenbogen ab.

„Guten Morgen." Ein Blick auf den Wecker neben mir riss mich schnell aus meiner romantischen Morgenstimmung.

„Oh, verdammt. Wir sind echt spät dran. Ich bin spät dran!"

Doch Adam ließ sich davon nicht im Geringsten aus der Ruhe bringen und zog mich stattdessen wieder zurück in seine Arme. Eigentlich umklammerte er mich regelrecht, sodass ich keine Chance hatte aufzustehen.

„Scheißegal, Baby. Ohne dich läuft die Sache doch sowieso nicht. Und außerdem muss ich heute eh nicht ans Set, weißt du nicht mehr?" *Stimmt. Die Pressetermine.* Und da war sie auch schon wieder, meine miese Stimmung, wann immer ich daran erinnert wurde, dass ich Adam nun auf unbestimmte Zeit nicht sehen würde.

„Mag ja sein, dass der Star sich derartige Unpünktlichkeit herausnehmen darf. Ich jedenfalls nicht." Damit versuchte ich krampfhaft, mich aus dem Gewirr aus Armen, Beinen und Decken zu befreien, was Adam nur grinsend zur Kenntnis nahm. Allerdings schien ihn meine Not hinsichtlich meines Jobs nicht ansatzweise dazu zu bewegen, mich gehen zu lassen. *Wie süß von ihm. April, jetzt werde bloß nicht rührselig.* Ich strampelte und wehrte mich, was ich nur allzu schnell bereute, denn

Adam hatte nichts Besseres zu tun, als mich zur Strafe hemmungslos auszukitzeln.

„Schon gut, schon gut. Du hast gewonnen. Hör aaaauuuuf …“, brachte ich zwischen schallendem Gelächter hervor. Wenn ich eines war, dann kitzelig. Immer und wirklich überall.

„Willst du mich etwa wieder gegen die Fernbedienung tauschen?“

Ich wusste nicht genau, worauf er hinauswollte.

„Eifersüchtig?“

„Auf schwarzes, hartes Plastik? Unbedingt. Aber als du mir erzählt hast, dass du am besten mit der Fernbedienung in der Hand einschläfst, hatte ich das für einen überzogenen Scherz gehalten. Doch anscheinend kuschelt es sich mit meiner auch ganz gut, wie ich heute Nacht festgestellt habe.“ *April, du bist wirklich der Gipfel der Peinlichkeit*, schalt ich mich selbst. Ja, ich hatte gestern überwiegend das Fernsehprogramm bestimmt. Dabei muss ich wohl gewohnheitsmäßig mal wieder mit diesem Ding in der Hand eingeschlafen sein. *Typisch ich.*

„Du hast gerade harte Konkurrenz bekommen, Mars.“ Damit wand ich mich endgültig aus seinen Fängen. „Außerdem wirst du bald feststellen, dass nichts von dem, was ich so von mir gebe, überzogene Scherze sind.“

„Das befürchte ich allerdings auch, Baby.“ Sein umwerfend strahlendes Lächeln raubte mir für Sekunden den Atem. Adam war ja eher der ernste Typ, doch wenn er lächelte, brachte er damit Herzen zum Leuchten.

„Ähm, äh … Ja. Auf jeden Fall sollte ich jetzt los, denn ich muss dringend zuvor noch bei mir zu Hause vorbeischauen. Frische Klamotten usw.“ Damit quälte sich auch Adam aus dem Bett.

„Schon gut, überredet. Aber es wäre wirklich noch schön gewesen, du kleine Sadistin.“ *Bitte, was? Ich? Niemals.*

„Weißt du, es gibt da einen hoch bezahlten Schauspieler, der für meinen Job verantwortlich ist, und ich würde ihm dafür liebend gerne noch länger zu Diensten sein. Doch leider hieße das auch, dass ich wohl demnächst keinen Job mehr habe. Daher …“

„Gib mir zehn Minuten. Dann fahre ich dich zu dir. Das geht am schnellsten.“

Wie aufmerksam von ihm. Das hätte ich gar nicht erwartet.

Adam schaffte es tatsächlich binnen besagter Zeitspanne unter die Dusche zu springen, um sich dann anschließend unverschämt perfekt gestylt und frisch vor mir zu präsentieren. *Wie unfair.* Schließlich sah ich, trotz hastiger Dusche immer noch aus wie ein Gnom. Was Adam jedoch offensichtlich nicht zu stören schien, denn schon vergrub er seine Nase wieder in meinen Haaren, die ich gerade noch schnell provisorisch geföhnt hatte.

„Selbst mit meinem Shampoo riechst du immer noch so unglaublich verführerisch nach dir.“ Ich drehte mich zu ihm um.

„Ach ja? Wie rieche ich denn für dich?“

„Hmmm … Nach Himbeereis und Schlagsahne.“

Oh, lecker. Ja, damit konnte ich leben. Leider musste ich Adam schnell unterbrechen, der gerade damit anfing, sich eine Spur aus zarten Küssen meinen Hals hinab zu bahnen. Ein deutliches Räuspern reichte aus.

„Schon gut, schon gut. Aber das holen wir nach.“

Jaaaaa …, sang alles in meinem Inneren in den höchsten Tönen, während mein Herz einen kleinen

Freudentanz vollführte. Immerhin hatte er nicht vor, mich jetzt schon abzuservieren. *Noch nicht*, brachte ich mich schnell wieder auf den harten Boden der Tatsachen zurück der da hieß: „Sex mit einem Star macht dich noch lange nicht zu seiner festen Freundin.“ *Aus, Ende.*

Nachdem ich eilig meine Klamotten im Hotelzimmer zusammengesucht und angezogen hatte, fuhren wir hinunter, wo Adams Quad bereits auf uns wartete. Da drängte sich mir eine Frage auf, die ich leider nicht zurückhalten konnte.

„Wirst du auf Roadrunner zu deinen Terminen fahren?“

„Wer zur Hölle ist Roadrunner?“

Hups! War mir das jetzt tatsächlich herausgerutscht? Leider neigte ich dazu, allen Dingen in meiner Umgebung im Handumdrehen niedliche Namen zu verpassen. Das geschah ganz von selbst, dagegen konnte ich irgendwie nichts tun.

„Ja, nun … Das Quad ist doch schnell, oder nicht? Und eine niedliche kleine Hupe hat es auch, wie ich gehört habe. Daher fand ich diesen Namen ganz passend. Oder hat es etwa schon einen Namen?“, wollte ich ernsthaft wissen.

„Äh, nein! Selbstverständlich nicht. Und Roadrunner klingt nicht sehr männlich, oder?“

„Muss es ja auch nicht. Denn irgendwie ist es ja auch niedlich, findest du nicht?“

„Darauf muss ich nicht antworten, oder?“

Die Runde ging an mich. Mit einem süffisanten Lächeln ließ ich mich auf der Sitzbank von Roadrunner nieder, während Adam mich immer noch skeptisch musterte. Letztlich blieb ihm nichts anderes übrig, als den Kopf zu schütteln.

„Die ganze Frau eine Ansammlung von Merkwürdigkeiten."

„Sag ich doch", bestätigte ich und setzte anschließend Adams Helm auf. Ich liebte die Wortgefechte mit „Mr. Schlechte Laune" und noch mehr liebte ich es, mit ihm Zeit zu verbringen. Leider legte das Quad den Weg zwischen Hotel und meiner Wohnung wieder einmal in Rekordzeit zurück, was unsere gemeinsamen Minuten immens verkürzte. Letztlich blieben wir an der Zufahrt zum Wohnkomplex stehen. Traurig schwang ich mich vom Quad herunter, während Adam auch nicht wesentlich glücklicher aussah. Sollte ich zugeben, dass ich ihn vermissen würde?

„Du wirst mir fehlen, Baby. In ein paar Tagen bin ich zurück."

Okay. Während ich noch darüber nachgegrübelt hatte, welche Worte wohl die richtigen waren, hatte Adam es auch schon auf den Punkt gebracht, mir einen Kuss auf die Lippen gehaucht und war donnergrollend auf seinem schwarzen Monster verschwunden. Mein Herz blutete.

Betrübt schlich ich zur Eingangstür, obwohl ich doch eigentlich in Eile sein sollte. Adam war fort und hatte ein großes Loch in meinem Herzen hinterlassen, auch wenn ich mir das nicht erklären konnte. Ich kannte ihn erst wenige Tage, dafür reichlich intensiv und alleine die Tatsache reichte aus, dass ich mich hundeelend fühlte. *Und ich habe noch nicht einmal seine Handynummer*, heulte ich im Geiste, während ich abwesend meine Schlüssel aus meiner Handtasche kramte. Erst als ich aufblickte sah ich, dass mich am Eingang bereits jemand erwartete.

„Wird aber auch Zeit, dass du kommst. Ich warte hier schon ewig auf dich, oder auf jemand anderen, der mir die Tür aufsperrt, damit ich an deinen Briefkasten komme." June stand ungeduldig vor meiner Tür und funkelte mich wütend an.

„June? Was machst du denn hier?" Auf die Schnelle fiel mir wirklich nichts anderes ein.

„Entschuldige bitte, dass ich Madam nicht zu Hause antreffen konnte, um ihr ihren Geldbeutel zu bringen."

Meinen was?

„Ganz recht. Wie kann man nur tagelang nicht bemerken, dass man ohne Papiere durch die Welt rennt?" Ich verstand immer noch nur Bahnhof und das schien man mir auch anzusehen.

„Also, ich habe es bereits auf deinem Handy versucht. Mehrfach. Auch zu Hause. Natürlich warst du nirgends erreichbar. Ebenfalls seit Tagen! Als ich den Geldbeutel dann im Zimmer einer der Jungs gefunden habe, dachte ich doch tatsächlich, du würdest ihn vielleicht vermissen."

Endlich fand ich meine Sprache wieder.

„Moment mal, was? Nun mach mal halblang. Seit Tagen? Ich war doch erst vorgestern bei euch zum Essen. Und was meinst du damit, du hast meinen Geldbeutel im Zimmer von einem deiner Jungs gefunden?" Jetzt war es an mir, wütend zu sein, was June dazu veranlasste, einen Gang runterzuschalten.

„Ach, April. Du weißt doch, wie Kinder sind. Jungs ganz speziell. Wenn du endlich selbst Kinder hättest, würdest du das vielleicht auch verstehen."

War ja klar, dass sie mir nun wieder mit dieser alten Leier kommt, dachte ich genervt und riss ihr den Geldbeutel aus der Hand, mit dem sie immer noch provokant vor meiner Nase herumwedelte.

„Nein, June, das weiß ich nicht. Vor allem kann ich mir wirklich nicht vorstellen, was deine Jungs in meiner Handtasche verloren haben. Aber danke, dass du ihn mir vorbeigebracht hast." Damit wandte ich mich zum Gehen, denn ich war mittlerweile höllisch spät dran, was ich im Studio beim Regisseur nicht mehr würde charmant wegkomplimentieren können.

„Jetzt warte doch mal. War das etwa wieder Adam Mars, der dich hergefahren hat?"

Es hatte keinen Sinn, meine Schwester anzulügen. Sie würde es ohnehin herausfinden. Daher entschied ich mich für die kurz-und-knapp-Variante.

„Jap."

„Warst du etwa über Nacht bei ihm?"

„Jap."

„April, hast du den Verstand jetzt völlig verloren? So etwas hat doch keine Zukunft. Ich möchte mir gar nicht erst ausmalen, was ihr alles getrieben habt, dort im, im …" Jetzt kam sie doch ins Straucheln. Schließlich war ich nun mal nicht der Kein-Sex-bis-zur-Ehe-Typ von Frau, ganz im Gegensatz zu June.

„Ich werde dich auch nicht damit behelligen, June." Damit fiel ihr die Kinnlade maximal herunter, was mich ein klein wenig besänftigte.

„Hör mal, June. Es ist wirklich lieb von dir, dass du dir immer Sorgen um mich machst. Aber, hey, das brauchst du gar nicht. Ich bin erwachsen und kann für meine Fehler, wenn es denn welche sein sollten, selbst geradestehen. Also lass mich einfach mein Leben leben, so wie es mir gefällt, ja?" June hingegen hatte keinen Sinn für Gnade, außer es ging um ihre diebischen Jungs, für die sie immer Verständnis aufbrachte.

„Wenn du das alles nicht einmal gehörig bereust, April. Dieses lasterhafte Leben, das gehört sich einfach nicht." Ich nickte nur und machte damit unmissverständlich klar, dass die Diskussion für mich hier beendet war und ich nun gehen würde. Erneut wandte ich mich zur Tür und sperrte auf. Erst, als ich bereits im Inneren des Hauses war, hörte ich meine Schwester von draußen noch hinter mir herrufen: „Sehen wir uns bald wieder zum Essen bei uns, ja?"
Damit war die Tür zu. *Ganz sicher, damit ich mich wieder von dir belehren lassen kann und meine dringend benötigte Portion April-Spott abbekomme*, dachte ich noch und sah zu, dass ich endlich in die Gänge und ans Filmset kam.

Der Tag verging zäh ohne Adam und ich war froh, dass meine beste Freundin Melly für heute Abend zugesagt hatte, sich mit mir zu treffen. Wir trafen uns in einem mir altbekannten Ort, der mein Leben schon jetzt maximal aus der Bahn geworfen hatte: Dem Rooms. Allerdings zogen wir heute die Chill-Lounge mit ruhiger Musik unserem sonst vorherrschenden Rockgeschmack vor. Melly war bereits da, als ich, mal wieder etwas zu spät, vom Set zu ihr stieß. Ich eilte zu ihr hinüber und küsste sie erst einmal links und rechts auf die Wange. Meine beste Freundin war, genau wie ihr Zwillingsbruder Calvin, eine blonde Schönheit, der ich meiner Meinung nach kaum das Wasser reichen konnte. Eigentlich war sie genau der hell strahlende Kontrast zu meiner dunklen Erscheinung.
„Hi, Süße. Sorry, aber da ich heute Morgen zu spät am Set angekommen bin, musste ich hinten etwas Zeit dranhängen."
„Kein Problem, Schatz. Jetzt setz dich erst mal. Siehst aus, als hättest du viel erlebt in den letzten Tagen."

Meine gute Melly hatte doch immer das perfekte Gespür für mich. Obwohl ich mir nicht sicher war, ob ich das in diesem Moment für gut hielt.

„Ach, weißt du, ich war einfach viel unterwegs, das ist alles. Einen Tequila Sunrise, bitte“, bestellte ich nebenbei schnell.

„Wow, du steigst ja gleich richtig ein. So kenn ich dich ja gar nicht.“

„Glaub mir, das brauche ich jetzt.“

„Oh, wow. Jetzt bin ich aber gespannt. Dachte ich mir doch gleich, dass da was im Busch ist.“ Verdammt. *Das war wohl etwas zu offensichtlich.* Dabei hatte ich mir so fest vorgenommen, heute nicht mehr an Adam zu denken. *Leichter gesagt, als getan.*

„Glaub mir, Melly. Eigentlich weiß ich gar nicht, wo ich anfangen soll. Bist du dir sicher, dass du das wissen willst?“

„Klar, was denkst du denn.“

„Gut, aber nur die Kurzfassung, ja? Mir brummt jetzt schon der Schädel.“

„Einverstanden. Leg los.“ Dabei süffelte sie genüsslich aus ihrer großen Schokolade und sah mich mit großen, runden Augen an.

„Also: Du erinnerst dich doch sicher noch an meinen Geburtstag und diese Sache mit dem Dark Room?“

„Klar, wie könnte ich das vergessen. Einfach super, wie du June damit schockiert hast. Großes Kino, Schatz.“

„Gut, dann ja … Der Mann, der drinnen auf mich gewartet hat, war zufällig Adam Mars. Wir hatten heißen Sex und haben uns seitdem weitere Male getroffen. Unter anderem auch nicht ganz jugendfrei. Das ist alles.“ Dabei ratterte ich die Sätze so schnell ich konnte herunter. Leider hatte ich mit der prekären

Beschreibung meiner Lage meine beste Freundin offensichtlich ins Wachkoma befördert, denn sie bewegte sich keinen Millimeter mehr, starrte mich nur stocksteif an. Ich fasste zu Melly hinüber und griff nach ihrem Arm.

„Melly? Hallo? Hallohooo? Lebst du noch?" *Verdammt!* Ich hatte sie wirklich auf dem Gewissen. „Jetzt sag doch was!" *Nichts. Nada. Nothing. Total erstarrt.* Ich war mir nicht einmal sicher, ob sie noch atmete. Durch sanftes Rütteln an Mellys Arm, brachte ich sie schließlich vorsichtig doch wieder zurück in die Gegenwart, oder besser gesagt, ins Leben.

„Geht's wieder?"

„Ähm, ja. Ich glaub' schon. Habe ich richtig gehört? Adam Mars war dein Blind Date? *Der* Adam Mars?"

„Joah. Ist das schlimm?"

„Schlimm? April, das ist geradezu absolut hammergeil bombastisch. Wie war er so?", platzte meine beste Freundin unverhüllt heraus.

„War ja klar, dass du jetzt damit anfängst."

„Mit was denn sonst. Hey, hör mal! Du erzählst mir hier, beinahe zwischen Tür und Angel, dass du mit Adam Mars vögelst, und ich darf nicht aus dem Häuschen sein? Wer A sagt, muss auch B sagen."

Puh, das würde länger dauern.

„Melly, wenn ich ehrlich sein soll, dann kann ich nur sagen, dass ich noch nie zuvor etwas Besseres erlebt habe. Wobei es das nicht annähernd trifft. Phänomenal vielleicht. Aber das reicht auch nicht. Ich glaube, ich kann es gar nicht beschreiben."

„Also sind die Gerüchte wahr?"

„Welche Gerüchte?" Plötzlich wurde ich sprunghaft nervös.

Gab es etwa schon irgendwelche Pressemitteilungen zu uns? Dabei waren wir so vorsichtig.

„Na, dass er der absolut beste Liebhaber überhaupt ist. Alle schwärmen doch immer so von ihm."

Nochmal Glück gehabt. Obwohl ich nicht wusste, ob die Tatsache, dass die Öffentlichkeit so über Adam Mars' Liebeskünste Bescheid wusste, mich nicht sogar noch mehr verunsicherte. Wobei ich natürlich nicht sagen konnte, ob die Damen, die das behaupteten, dies wirklich belegen konnten oder es nur dachten, weil Adam einfach ein Augenschmaus war.

„Ach so. Das. Ja, das ist wohl wahr."

„Du hast echt Glück, dass Klatschbase Calvin gerade nicht hier ist, sonst wüsste es ohnehin bald die ganze Stadt. Er wäre völlig aus dem Häuschen. Oh Mann, der wird sich echt ärgern, dass er heute keine Zeit hatte." Und wer sollte dies besser wissen als seine Zwillingsschwester Melly. Plötzlich war mir irgendwie gar nicht mehr zum Scherzen zumute. Daran konnte auch der Cocktail, der mir zwischendrin serviert wurde, nichts ändern.

„Aber, Schatz, was ist denn los? Du wirkst bedrückt."

Das traf es nicht annähernd.

„Melly, es ist einfach so … Er ist so, verwirrend. Adam ist wie eine Bombe eingeschlagen und ich weiß nicht so recht, wie ich damit umgehen soll. Eine Affäre mit einem Schauspieler? Dabei kann ich doch nur verlieren."

„Das ist nicht gesagt. Immerhin blieb es offensichtlich nicht bei einem Treffen. Und du hast selbst gesagt, dass du ihn nicht ausstehen kannst und momentan eh nicht auf der Suche nach was Festem bist." *Was interessiert mich mein Gewäsch von gestern.*

„Ich weiß doch selber nicht mehr, was ich denken soll. Adam hat meine Welt um hundertachtzig Grad gedreht und mir schwirrt der Kopf von dem Drehschwindel."

Mellys große Augen herzten mich an.

„Wie süß du aussiehst, wenn du von Adam sprichst. Ich sag dir was: So, wie ich die Sache sehe, hast du dieselben Chancen mit ihm, wie bei jedem anderen auch. Wo die Liebe hinfällt." *Wie bitte, was? Liebe? Niemals!*

„Du übertreibst maßlos. Ja, ich habe dreimal mit ihm gevögelt, aber Liebe? Das geht wirklich zu weit."

„Dreimal? Wow! Und das seit Sonntag bzw. Montagfrüh. Ihr lasst wirklich nichts anbrennen, wie?" Sie wurde ernst. „Aber was die Sache mit der Liebe angeht: Sag niemals nie, Schatz. Vor allem nicht, wenn es um Schicksal und Liebe geht."

Das gab mir zu denken. Bisher hatte ich es nicht einmal gewagt, derartige Mutmaßungen überhaupt auch nur ansatzweise zuzulassen und nun platzte Melly mir damit einfach ins Haus? *Verwirrung pur!*

„Ich weiß nicht … Das geht mir alles zu schnell."

„Verstehe ich gut. Wo ist dein Mr. Sex heute überhaupt? Hat er dir fick-frei gegeben?" Ich schlug Melly gespielt entrüstet auf die Schulter.

„Sag mal! Aber wenn du es genau wissen willst, er ist nicht in der Stadt. Hat Termine."

„Ah …"

„Ja, genau. Pressetermine. Ich werde ihn also einige Tage nicht sehen."

„Der blanke Horror."

„Wem sagst du das?" *Mist.* Hatte ich das jetzt tatsächlich laut gesagt? Ich machte mich damit nur noch mehr verdächtig. Dabei konnte ich es mir selbst noch nicht einmal erklären.

„Wusste ich es doch." *Meiner Freundin kann ich ohnehin nichts vormachen*, dachte ich resignierend.

Wir saßen noch lange beisammen, sinnierten über Adam Mars und meine unwirkliche Verbindung zu ihm und auch über Mellys und Calvins Pläne für den nächsten Urlaub auf Cap Verde. Die zwei waren richtige Urlaubsfreaks. Aber das Wichtigste war, dass ich Melly das Versprechen abrang, absolut niemandem etwas von unserem Gespräch heute zu erzählen. *Niemandem!* Schlimm genug, dass June zu viel wusste.

Am Ende fuhr sie mich nach Hause und ich kehrte in meine leere Bude zurück, in der heute noch nicht einmal Bella auf mich wartete. *Untreue Tomate.* Aber so war das im Leben. Heute noch begehrt, morgen schon vergessen. Mit diesem selbstmitleidigen Gedanken verkroch ich mich einsam in mein Bett und kuschelte mit dem Letzten, was mir noch geblieben war: meiner Fernbedienung.

Kapitel 9
Adam

Fuck! Wie mir diese Scheiße auf die Nerven ging. Lächeln, all diese Schleimer ertragen und den lieben langen Tag von einer Maske in die andere gehen, um das perfekte Gesicht für entsprechende Zeitungen herzustellen. Und obwohl mir Pressetermine immer gewaltig gegen den Strich gingen, kam es mir die letzten Tage noch weitaus unerträglicher vor als sonst. Schon klar, wer erfolgreicher Schauspieler sein wollte, musste eben auch das durchstehen.

Immer wieder grübelte ich darüber nach, was der Grund für meine unterirdisch schlechte Laune war. Es mussten die Pressefuzzis sein, die mich mit ihrem gekünstelten Lächeln nur noch mehr aufregten.

Oder?

Vier Tage harrte ich hier nun schon aus, hatte brav sämtliche Fragen beantwortet, die dämlichen ebenfalls und mich in gefühlt einer Million verschiedenen Posen ablichten lassen. Immer wieder hatte mein Management nachgefragt, ob ich auch wirklich immer noch in dem Hotel war, in dem man ein luxuriöses Zimmer und auch einen der Konferenzräume für insgesamt eine Woche gemietet hatte. Damit sollten sämtliche Spacken zufriedenzustellen sein. Eigentlich wollte ich nicht derart ungerecht sein, schließlich verdankte ich meinen Erfolg auch zum Teil diesen fleißigen Journalisten. Doch es war nur eine Traumwelt, ähnlich einer Seifenblase. Unwirklich und jederzeit in Gefahr zu zerplatzen, als hätte es sie nie gegeben. Und auch daran trugen eben selbe Journalisten Mitschuld. *Denn, wenn sie dich heute auch noch so begeistert umgarnen, ziehen sie dich trotzdem schon morgen öffentlich durch den Kakao.* Hauptsache Schlagzeilen.

Während eine angestrengt lächelnde Maskenbildnerin heute zum x-ten Mal meinen Teint überprüfte, schoss mir plötzlich ein Gedanke durch den Kopf: *Ich, April und eine einsame Berghütte.* Das wäre nun genau das Richtige, aber leider auch der extremste Kontrast zur aktuellen Wirklichkeit, der mir einfiel. Als sowohl meine Klamotten, meine Haare und auch das widerliche Make-up auf dem neuesten Stand waren und vom Fotografen für gut befunden wurden, positionierte ich mich schließlich vor einer weiteren Leinwand, auf die später per Photoshop ein entsprechender Hintergrund eingefügt wurde. *Armseliges, schauspielergeiles Pack!*

Ich posiere mal links-, mal rechtsseitig, allerdings würde ich mich auch für den nervtötendsten, aufdringlichsten Fotografen nicht verbiegen. Ich war kein Mr.-Nice-Guy und würde es auch niemals vorgeben zu sein. *Für niemanden!* Mit fortschreitender Stunde wurde ich immer ungeduldiger. Wenn mich noch einer dieser Idioten antatschte, dann würden sie ihr verdammt hässliches Wunder erleben. Wobei ich mir sicher war, dass ich meine Wut mittlerweile derart offensichtlich ausstrahlte, dass sie alle schon instinktiv Abstand hielten. Immer wieder leuchtete das Blitzlicht provokant vor meinen Augen auf, gefolgt von weiteren Anweisungen, wie ich mich zu verhalten hatte. Als der Fotograf mich schließlich zum wiederholten Mal aufforderte, ich solle doch ein wenig mit der Kamera flirten, brachte er das brodelnde Fass endgültig zum

Überlaufen. Ich hatte genug. Endgültig die Schnauze voll.

Und mit einem Mal wusste ich, dass es nur eine Person in meinem Leben gab, die mich aufheitern, sogar glücklich machen konnte: *April.* Ich hatte das Gefühl, sie wie die Luft zum Atmen zu brauchen und vier Tage Abstinenz waren wirklich lang genug. Egal, was mein Management von der Aktion, die gleich folgen würde, hielt, es war mir scheißegal. *Wie so oft.*

Ich wischte mir mit dem Unterarm einen Großteil des Make-ups vom Gesicht, warf dem Team noch einen letzten, verächtlichen Blick entgegen und sah zu, dass ich davonkam.

„Ich bin hier fertig …" Während sie mir durcheinander noch irgendwelche Dinge, angefangen von schockiertem Betteln, bis hin zu Drohungen hinsichtlich rechtlicher Konsequenzen hinterherriefen, war ich schon auf dem Weg in mein Zimmer. Dort angekommen, packte ich meine wenigen Habseligkeiten, die ich mitgenommen hatte, und rannte anschließend nach unten zu meinem Quad. *Wenigstens darauf ist Verlass.* Es würde sicherlich einige Stunden dauern, bis ich schließlich zurück in L.A. war, doch noch ein Tag ohne meine Kleine, und ich würde vermutlich durchdrehen. Momentan kam es mir so vor, als sei ich zu allem fähig, zumal ich noch nicht einmal ihre Handynummer hatte. April stand nicht im Telefonbuch und eigentlich hatte ich diesen kleinen Trip auch nutzen wollen, um mir über einiges klar zu werden. *Ohne sie.*

April sollte nicht der Mittelpunkt meiner Welt sein, trotzdem drehte sich seit Kurzem in meinem Kopf alles nur noch um sie. *Verdammter Softie*, beschimpfte ich mich selbst, während ich die Landstraßen entlangheizte, meinem Glück entgegen. Hoffentlich hatte sie mich auch vermisst. Ja, auch diese neuerlichen Selbstzweifel kratzten gewaltig an meinem sonst so stabilen Ego. Der dröhnende Klang meiner Maschine pustete mir regelrecht die Gedanken frei und machte jenem Plan Platz, den ich nun umsetzen würde: Ich würde hinüber zu Aprils Apartment fahren, wo ich meine Kleine um diese Uhrzeit vermutete, würde sie einsammeln und mit ihr zum Flughafen düsen. Zwar wäre mir eine Reise auf dem Quad wesentlich lieber gewesen als ein Flug, aber bis nach Kanada, besser gesagt in die Nähe von Edmonton im Staat Alberta, war es einfach zu weit. Vor allem für April. Da gestalteten sich etwa 3,5 Stunden Flug schon wesentlich komfortabler. Wenn auch gleichsam langweiliger. Allerdings würde ich meiner Kleinen etwas bei der Kleiderwahl behilflich sein müssen, zumal es in Alberta gegen Ende des Jahres locker minus zehn Grad Celsius hatte. Nach oben keine Grenze.

Während ich mir in Gedanken ausmalte, wie ich April mit zu mir nach Hause in meinen Geburtsort nahm, sie meinen Eltern vorstellte und anschließend in meine eigentliche Welt, fernab des Ruhms entführte, vergingen die Meilen wie im Flug, bis ich schließlich vor Aprils Wohnung ankam. Ich hatte keine Ahnung, wo genau sich diese im Haus befand, aber das würde ich sicher gleich herausfinden. Ganz oben auf der Klingelleiste wurde ich schließlich fündig: „Baker“ stand dort geschrieben und ich meinte mich zu erinnern, dass das Aprils Nachname war. Ohne Umschweife klingelte ich kurzerhand, denn etwas anderes blieb mir vorerst nicht. Zunächst geschah nichts, doch dann ertönte das rettende Geräusch des Türöffners und ich stürmte nach oben. Eigentlich waren derart emotionale Ausbrüche gar nicht meine Art, doch wenn ich noch länger warten sollte, würde ich vermutlich explodieren.

Die diversen Etagen legte ich in Rekordzeit zu Fuß zurück, bis ich schließlich vor einer weiteren, verschlossenen Tür stand. Wenn sie nicht gleich öffnete, würde ich diese wohl eintreten müssen.

Jetzt reiß dich zusammen, Mars. Hast du sie nicht mehr alle?

Sekunden verrannen, doch ich harrte brav, wenn auch heftig atmend, vor dem Türspion aus, bis sich endlich etwas tat. Quälend langsam öffnete sich die Tür zu Ms. Bakers Domizil einen Spaltbreit, und meine kleine Elfe erschien.

„Adam?“

Doch ich hatte keinen Nerv für Worte. Stattdessen rammte ich die Tür grob weiter auf, zog April in meine Arme und presste meine Lippen etwas unsanft auf ihren rosa geschminkten Mund. Ich konnte deutlich spüren, wie Aprils anfänglicher Widerstand gegen meinen Überfall sich schlagartig in Wohlgefallen auflöste und sie meinen Kuss erwiderte. Offenbar war auch sie so ausgehungert nach Zweisamkeit, dass mir ihr Kuss beinahe noch fordernder als der meine erschien. Tatsächlich musste ich April irgendwann unterbrechen, um ihr mein Vorhaben, sie nach Kanada zu entführen, zu unterbreiten.

„Baby, hey … Jetzt warte noch mal.“ Damit zog ich sie weiter hinein in die Wohnung, bis wir schließlich etwas unsanft auf der sonnengelben Couch im Wohnzimmer landeten. Außer Atem und auch ein wenig beleidigt, ob meiner abrupten Unterbrechung, saß April neben mir und starrte mich mit ihren großen, dunklen Augen aufmerksam an.

Dann mal los.

„Baby, ich bin gekommen, um dich mit zu mir nach Hause zu nehmen."

Das war wohl nicht deutlich genug.

„Zu dir nach Hause? Ins Hotel?"

„Nein. Zu mir nach Hause, dorthin, wo ich herkomme." *Okay, das ist wohl etwas sehr strange ausgedrückt.*

„Soll das jetzt so etwas wie ein Geständnis sein? Sag mir jetzt bitte nicht, du bist Superman oder ein glitzernder Vampir oder etwas in der Art. Ich bin nämlich kein großer Fan von kalten Typen, musst du wissen, denn ich friere ohnehin immer so leicht." Meine Kleine vermochte es wirklich, als eine der wenigen, mich zum Lachen zu bringen.

„Ähm, nein. Nichts dergleichen."

„Gut, sonst hätten wir vielleicht ein Problem."

„So oberflächlich, Ms. Baker? Das sind ja ganz neue Seiten an dir."

Aprils verschmitztes Grinsen erwärmte mein Herz binnen Sekunden.

„Das nicht. Aber mit Geheimnissen kann man bei mir nicht landen. Nun spuck schon aus, warum du, Tage früher als geplant, plötzlich bei mir hereinschneist."

Ist sie nun froh mich zu sehen, oder nicht? Verdammte Frauen-Logik.

„Gut, also: Ich möchte, dass du mit mir zu meinen Eltern kommst. Heute noch."

„Wow."

„Was genau meinst du mit: Wow?" Irgendwie brachte April mich total aus dem Konzept. Ich war es gewohnt, dass die Leute taten, was ich von ihnen verlangte, ohne Fragen zu stellen. *Oder eben auch nicht nur merkwürdig undurchsichtige Äußerungen wie „Wow" von sich geben.*

„Wow, weil du mich allen Ernstes mit zu deinen Eltern nehmen willst. Das ist so … unglaublich lieb."

Autsch! Ich wusste nicht, was mich mehr irritierte: Dass April mich für lieb hielt, oder dass sie irgendwie überrascht darüber war, weil ich auch lieb sein konnte. *Bescheuerte Verwirrung.*

„Jedenfalls brauchst du warme Klamotten. Das mit dem Set regele ich schon. Hast du die neue Kulisse schon fertig?"

„Öh, ja?"

„Perfekt. Momentan werden ohnehin nur die Szenen von den Nebenrollen gedreht und da noch niemand mit meiner Rückkehr rechnet, werde ich auch nicht vermisst. Schließlich bin ich nicht eingeplant."

„Aber, aber, aber …"

„Baby, ich verspreche, es wird dir gefallen. Jetzt sieh zu, dass du einen Koffer packst, dich um deine Katze kümmerst, damit wir dann abhauen können."

In Aprils hübschem Kopf schien es zu rattern. *Sag ja, mach schon.*

„Okay, aber auf dein Risiko. Wehe, ich bin dann arbeitslos."

„Keine Sorge, Baby. Wir werden ja nicht ewig weg sein, nur etwa zwei Tage. Das sollten alle verkraften."

„Gut möglich. Dabei fällt mir ein, ich sollte June noch Bescheid sagen, sonst hetzt sie mir noch das FBI oder so hinterher." *Eine wahre Hassliebe.* „Und Calvin soll nach Bella sehen, für den Fall, dass Madame heimkommt."

„Wie ich sehe, hast du alles schon geplant. Vergiss nur die warmen Winterklamotten nicht. Das ist ultra wichtig." Zwischenzeitlich war April bereits im Schlafzimmer verschwunden und kehrte mit einem großen Koffer zurück.

„Den willst du mitnehmen? Wir werden nicht lange weg sein."

„Hey, Mr. Mars. Alleine besagte Winterklamotte wird zwei Drittel davon einnehmen. Wo geht es denn überhaupt hin? Kommst du aus Aspen oder so?"

„Nicht ganz. Etwas weiter nördlich."

Große Fragezeichen.

„Schatz, meine Eltern haben eine Waldwirtschaft in der Nähe von Edmonton. Mit dem Flugzeug sind wir in etwas über drei Stunden locker dort."

„Bitte was? Du bist Kanadier?"

„Ja."

„Das ist mir neu."

„Du wirst einiges über mich nicht wissen, Baby. Aber nun komm, beeile dich, damit wir zum Flughafen kommen. Ich buche unterdessen über mein Handy die Flüge, schreibe eine kurze Nachricht an den Regisseur und rufe uns ein Taxi. Denn mit dem Quad können wir deinen riesigen Koffer leider nicht befördern. Gerade, dass meiner auf der Gepäckablage Platz hat.

„Eigentlich schade. Ich mag Roadrunner." Seit April wusste, dass ich diese Verniedlichung nicht leiden konnte, benutzte sie sie umso öfter.

„Schon klar." Im Anschluss an unsere kleine Wortplänkelei durfte ich erleben, wie rasant April ihre Siebensachen beisammen hatte. Beinahe schien es, als wäre sie immer und allzeit bereit für den Fall, dass jemand sie mit einer plötzlichen Reise überraschte. *Wirklich süß.* Tatsächlich hatte ich aber den Eindruck, dass April sich nicht allzu weit aus dem Einflussbereich ihres Schwester-Drachens June entfernte, schon allein, um den unangenehmen Konsequenzen vorzubeugen. Dabei war sie wirklich spontan und jederzeit zu verrückten Abenteuern bereit, wie ich sie nun schon oft hatte genießen dürfen. *Angefangen beim Dark Room.*

In Rekordzeit stand April, zusammen mit ihrem Giganto-Koffer, im Gang und lächelte mich provokant an.

„Na, dann los, Mr. Kanadier. Oder haben Sie es sich anders überlegt?“

Ich ging langsam auf meine Kleine zu und ein weiteres Mal war ich wie geblendet von ihrer elfenhaften, düster verlockenden Schönheit. Wie von selbst fanden meine Hände ihren Weg um ihre Hüfte und zogen April eng an meine Brust.

„Hast du auch alles erledigt? Ich weiß nicht, ob wir dort oben im Norden ausreichend Handy-Netz haben werden. Nur ganz normales Telefon.“ April nickte.

„Klingt irgendwie sehr verlockend, wenn auch wie aus einer anderen Zeit.“

„Genauso ist es. Einfach abschalten und relaxen.“

„Klingt traumhaft schön.“ Aprils Blick sprach Bände und das kleine, lodernde Funkeln darin brachte mich fast um den Verstand. *Oder was davon noch übrig ist.* Was wollte ich nicht alles mit meiner Kleinen anstellen, hier, jetzt. Aber ich riss mich zusammen, schnappte mir den Koffer und ging zur Tür. *Vorfreude ist bekanntlich die schönste Freude*, dachte ich noch, und schon begann unser Trip, heraus aus der Großstadt und ein weiteres Mal hinein ins ungewisse Abenteuer.

Kapitel 10
April

In den vier Tagen unserer Trennung hatte ich Adam über die Maßen vermisst. Ich konnte nicht verstehen, warum er plötzlich zu meinem neuen Lebensmittelpunkt mutierte. Schließlich war er arrogant, selbstherrlich und zumeist mies gelaunt. Trotzdem konnte ich seiner dunklen Aura einfach nicht widerstehen. Gefährlich, sexy und überaus reizvoll. Aber vor allem sah ich hinter all der Fassade noch etwas anderes: Einen Funken Herzenswärme und Güte, hell strahlend wie ein aufgehender Stern. Diese Mischung war es, die ihn für mich zu einem ganz besonderen Menschen machte. Adam scherte sich einen Dreck darum, was andere von ihm dachten, genau wie ich. Er musste sich nicht verstellen, da ihm ohnehin egal war, ob ihn die Leute mochten. Folglich erhielt man garantiert die blanke, ungeschönte Wahrheit, wann immer man sich mit Adam umgab. *Sehr erfrischend und liebenswert auf seine Weise*, wie ich fand.

Doch das alles war nichts im Vergleich zu der Sehnsucht, die meine Seele in dem Moment flutete, als Adam plötzlich unverhofft vor meiner Tür stand. Erst da wurde mir mit voller Wucht bewusst, wie sehr ich ihn wirklich vermisst hatte. Und es schien Adam nicht minder schlecht ohne mich ergangen zu sein, eben so, wie ich mich die quälenden Tage der Trennung gefühlt hatte. *Der absolute Oberhammer!*

Als wir in Edmonton ankamen, checkte ich mit etwas Bauchweh mein Handy. Calvin hatte mir ja bereits vor unserer Abreise bezüglich Bella zugesagt, mindestens einmal täglich nachzusehen, ob Madame etwas zu Fressen benötigte. Zum Glück besaß er aus Sicherheitsgründen einen Ersatzschlüssel zu meiner Wohnung. *Ja, ich bin ein unmöglicher Schussel, wenn es um das Verlegen von Schlüsseln geht.*

Anders, und weitaus weniger unkompliziert, gestaltete sich die Kommunikation mit June. Natürlich hatte ich ihr Bescheid gegeben, dass ich die nächsten zwei Tage in Kanada verbringen und daher nicht erreichbar sein würde. *Freundlich und informativ, fertig.* Allerdings fiel Junes Antwort sogar noch etwas schnippischer aus, als ich es erwartet hatte.

„Zwei Tage Kanada? Hast du denn jetzt völlig den Verstand verloren? Was willst du denn dort? Okay, wie ich sehe, brauchst du etwas Abstand von deiner wirklichen Familie und ziehst einen unseriösen Schauspieler uns vor. Was mich aber am allermeisten stört, ist, dass du mit ihm als Paar zuerst bei seinen Eltern aufkreuzt, anstatt ihn uns vorzustellen. Aber gut, deine Entscheidung. Ich hoffe jedoch sehr, dass ihr nach eurer Rückkehr auch zu uns zum Essen kommt. Das wäre nur fair. Bis bald. June.“

Das war typisch meine Schwester. Kontrollverlust lag ihr absolut nicht, was mich jedoch nicht im Geringsten von meiner Entscheidung abbrachte, spontan mit Adam seine Eltern zu besuchen. *Wobei mir schon etwas flau im Magen wird, je näher wir dem Gut kommen*, musste ich zugeben. Was würden Adams Eltern von mir erwarten? Wussten sie überhaupt, dass wir kamen? Oder würde einer dieser extrem unangenehmen Momente entstehen, in denen niemand wusste, was zu sagen war, wenn wir plötzlich einfach vor der Tür standen?

Ich hatte keine Erfahrung mit Menschen von diesem Schlag. Ich hatte wirklich Angst davor, nicht den Anforderungen einer hart arbeitenden Familien-Firma zu entsprechen, denn das waren die Marses in meiner Vorstellung: knallharte Holzarbeiter mit beängstigend breitem Kreuz.

Jedenfalls kamen wir etwa eine Stunde später mit dem Taxi in dem abgelegenen Ort in den Wäldern an. Finstere Nacht umhüllte uns trotz der dicken Schneedecke überall, als wir uns, beinahe wie Einbrecher, an das großzügige Haus am Rande eines Waldes heranschlichen. *Wirklich unheimlich.* Aber noch nicht mal der Mond war zu sehen, und das machte alles umso weniger behaglich. *Von der klirrenden Kälte ganz zu schweigen.* Ich fühlte mich irgendwie fehl am Platz. Da durfte ein dämlicher Kommentar meinerseits wirklich nicht fehlen.

„Bist du dir sicher, dass wir hier richtig sind? Man kann kaum was sehen …“ Ich mochte wetten, dass Adam gerade mit den Augen rollte. Doch sehen konnte ich wirklich nichts.

„Baby, glaubst du etwa, ich finde das Haus meiner Eltern nicht?“

Nein. Natürlich nicht. Du bist echt zu peinlich, April. Und tatsächlich waren wir nach wenigen Metern auch schon an der Eingangstür. Sämtliche Fenster im Haus waren dunkel.

„Wissen deine Eltern wenigstens, dass wir kommen?“

„Nope. Bei uns läuft das etwas anders. Jeder kommt und geht, wie es ihm passt. Da wir alle viel arbeiten, ist das völlig in Ordnung, und morgen ist ja auch noch ein Tag.“

Sein Wort in Gottes Ohr. Oder sollte ich besser sagen, in das gnädige Ohr von Mrs. Mars, die mir hoffentlich morgen früh nicht das Küchenholz drüberzog? *April, zu viel Fantasie …*

Wir hatten die Nacht in Adams alten Zimmer verbracht. Eigentlich sollte ich lieber sagen, in Adams Bereich, denn er bewohnte den gesamten ersten Stock des geräumigen Blockhauses inklusive Schlafzimmer, Wohnbereich, Arbeitszimmer und eigenem Badezimmer. Alles in rustikal modernem Stil, wie man es von Holzfans erwartete. Nur eben nicht altmodisch. Überall waren gemütlich anheimelnde Lamm- und Rinderfelle ausgelegt und ich war sehr froh, dass hier nichts an ein lange verlassenes Teenie-Zimmer mit Football-Wimpeln an der Wand erinnerte. Stattdessen handelte es sich einfach um eine geschmackvoll eingerichtete Wohnung in einem Landhaus mit viel Flair. Offensichtlich war es der Dame des Hauses hier sehr wichtig, eine angenehme Atmosphäre für ihre hart arbeitenden Männer zu schaffen. Zauberhaft.

Adam hatte mir erzählt, dass sie natürlich auch viele Angestellte beschäftigten, von denen jeder jedoch ein eigenes Haus irgendwo in der Nähe bewohnte. *Und mit Nähe ist nicht mal eben das Nachbarhaus fünfzig Meter nebenan gemeint, denn zu Fuß kann man hier kaum eine Strecke zurücklegen*, wie ich schnell lernte.

„Guten Morgen, Baby. Gut geschlafen?“

„Wie eine Tote. Diese Landluft hat mich regelrecht ausgeknockt.“ Entspannt räkelte ich mich vor Adam, der sich bereits aufgesetzt hatte.

„Wie spät ist es?“

„Mittag.“

„Was?!“ Ich fuhr erschrocken hoch. „Mein Gott, Adam. Warum hast du mich denn nicht geweckt? Was werden deine Eltern von uns denken?“

„Schhh …, Baby. Reg dich doch nicht immer gleich so auf. Hier auf dem Land geht vieles etwas relaxter zu als in der Stadt. Das wirst du auch noch merken. Außerdem war ich gerade schon unten bei Mum. Sie freut sich sehr, mich zu sehen, und auch auf dich. Dad wird bald aus dem Wald kommen und dann können wir zusammen zu Mittag essen.“ *Was?!* Meine Empörung nahm nochmal um ein Vielfaches zu.

„Du warst schon unten? Oh Mann, Adam. Jetzt bin ich sicher endgültig unten durch.“ Verzweifelt stürzte ich ins angrenzende Badezimmer, wo ich heute Nacht meine Waschutensilien provisorisch verteilt hatte. Adam folgte mir auf dem Fuße. Erst jetzt merkte ich, dass er bereits einen bequemen Jogginganzug in Schwarz und Grau trug. Ich war wirklich nervös, doch Adam hatte die Ruhe weg. Er hatte keine Skrupel, mich noch länger aufzuhalten, und zog mich kurzerhand einfach in seine starken Arme.

„Kleines, alles wird gut. Sie werden dich lieben, versprochen.“

„Wieso bist du dir da so sicher?“

Adam musste nicht einmal den Bruchteil einer Sekunde überlegen.

„Wie könnten sie nicht?“

Seine einfachen, doch vielsagenden Worte fluteten mein Herz, das drohte zu platzen, angereichert mit so viel Liebe, die ich empfand. *Liebe? Wahnsinn* … Es gelang Adam, mich ein wenig zu beruhigen, und so schaffte ich es tatsächlich binnen der nächsten halben Stunde geduscht und vorzeigbar aus dem Bad zu treten. *Auf ins Ungewisse ...*

Ob mein Herz noch schlug, konnte ich nicht sagen, denn ich hatte das Gefühl, dass es komplett stehengeblieben war, vor lauter Nervosität. Warum war ich so aufgeregt? Erstens kannte ich Adam nicht lange genug, als dass mir das Wohlwollen seiner Eltern mir gegenüber wichtig sein sollte. Zweitens wohnten sie weit weg von L.A. in Kanada und ich würde sie ohnehin nicht so schnell wiedersehen. *Und drittens? Keine Ahnung. Vielleicht solltest du auch deshalb nicht aufgeregt sein, weil deine Beziehung zu Adam überhaupt nicht ins Gewicht fällt und auch nicht im entferntesten was Ernstes ist*, zog ich mich selbst hemmungslos in Gedanken auf. *Autsch!*

Adam führte mich in ein geräumiges Wohnzimmer im Erdgeschoss, das ich heute Nacht nur flüchtig gesehen hatte. Wie es sich für ein richtiges Holzhaus gehörte, waren auch die Innenwände nicht verkleidet. Stattdessen bestanden sie aus dicken Baumstämmen, was allem einen sehr behaglichen Touch verlieh. Außerdem gab es auch hier überall Schaffelle und gedämpftes Licht. Eine Atmosphäre, in der man sich, hier am Wald, einfach wohlfühlen musste.

Wir ließen uns auf einer ausladenden Couch aus rot und beige gestreiftem Cord nieder, in der ich sofort versank, obwohl ich mich betont aufrecht hinsetzte. Zum ersten Mal machte ich mir sogar darüber Gedanken, wie ich gekleidet war. Ich trug eine schwarze Hose, auf der in ebenfalls schwarzem Samt überall Fleur-de-Lise-Blüten eingearbeitet waren. Dazu hatte ich mich für einen wuscheligen, schwarzen Langhaar-Pullover entschieden, in den vereinzelt royalblaue Highlights eingenäht waren. *Immerhin braver als sonst, wenn ich privat unterwegs bin*, dachte ich ein wenig erleichtert. Dennoch, für eine Familie vom Land vielleicht trotzdem too much?

Es dauerte nicht lange, und eine kleine, etwas rundliche Frau mit schulterlangen, dunkelblonden Haaren betrat den Raum. Sie stockte und ihre Augen verengten sich zu Schlitzen, während sie Adam streng fixierte. *Oh nein. Das fing gar nicht gut an?* Die Sekunden verstrichen zäh, bis ich endlich Klarheit über Mrs. Mars' Verhalten erhielt.

„Adam! Habe ich dich etwa so schlecht erzogen? Warum sagst du mir nicht, dass ihr bereits unten seid? Und nicht einmal etwas zu Trinken hast du deiner Begleitung angeboten. Schäme dich!" Dabei klang sie weitaus weniger aufgebracht, als es ihre Worte vermuten ließen. Eher herzlich und liebevoll tadelnd.

Adams Mum kam auf mich zu, was mich sofort zum Aufstehen bewegte. Wenigstens hatte die Strenge meiner Schwester mir auch gute Manieren verschafft.

„Guten Tag, Mrs. Mars. Ich bin April. Bitte entschuldigen Sie, dass ich hier einfach so herein-schneie. Ich habe Adam immer wieder gesagt, dass sich das nicht gehört." Doch Adams Mutter dachte gar nicht daran abzubremsen und zog mich stattdessen geradewegs in ihre Arme, wobei ich sie sogar noch etwas überragte.

„Ach, papperlapapp, Mädchen. Wir freuen uns sehr, dass du uns besuchst. Wir arbeiten viel und da kommt uns diese Abwechslung gerade recht. Außerdem war es an der Zeit, dass unser untreuer Sohn uns mal wieder besucht, nicht wahr, Adam?" *Typisch Mutter, würde ich sagen*, und grinste dabei ungewollt in mich hinein.

„Vielen Dank, Mrs. Mars, für Ihre Gastfreundschaft."

„Abigail, bitte. Wir hier oben nehmen es nicht so förmlich wie ihr Städter."

Wow, das lief viel besser, als erwartet. Ich konnte Abigail von der ersten Minute gut leiden. Sie strahlte eine solche Herzlichkeit aus, dass man sich in ihrer Gegenwart einfach nur wohlfühlen musste.

„Sehr gerne, Abigail." Sie nickte, während Adam das alles nur belustigt beobachtete. Aus dem Augenwinkel konnte ich deutlich sein verschmitztes Lächeln erkennen.

„So, jetzt aber genug der Förmlichkeiten. Was möchtet ihr trinken? Ich hätte frischgepresste Zitronenlimonade da, wenn ihr wollt. Oder vielleicht lieber etwas Warmes?" Mir fiel auf, dass auch sie, genau wie Adam sonst, außerordentlich leicht gekleidet war bei den vorherrschenden Temperaturen hier. Sicher, im Blockhaus war es angenehm warm, dennoch wäre mir ein T-Shirt, das Abigail unter ihrer Schütze trug, viel zu kalt gewesen. *Diese Kanadier können wirklich einiges an Kälte ab. Sagenhaft!*

„Ich nehme gerne das Warme. Vielleicht einen Tee?"

„Kommt sofort. Adam, sei so gut und hole uns rasch eine Kanne Schwarztee und Tassen aus der Küche, ja?"

Eigentlich hatte ich eher mürrischen Widerstand erwartet, doch stattdessen tat Adam ohne Kommentar, worum seine Mutter ihn gebeten hatte. Dabei wirkte er keinesfalls wie ein Muttersöhnchen, eher zuvorkommend und galant, wie er sonst eigentlich nicht war. *Oder nicht sein wollte*, überlegte ich kurz. Wenige Augenblicke später saßen wir also zusammen am Tisch und unterhielten uns über Gott und die Welt. Über Adams neuen Film, meine Arbeit am Set und auch ein wenig über meine Familie. Da Adam und ich ja beide für die Filmstudios in L.A. arbeiteten, entfiel die Frage, wie wir uns kennengelernt hatten, worüber ich sehr dankbar war. *Also, wir haben uns bei einem anonymen Sex-Date im Dark Room eines Clubs beim Vögeln kennengelernt und erst später gemerkt, dass wir bereits täglich zusammen arbeiten. Saukomisch, oder? Nein, danke!*

Die Unterhaltung verlief nett und freundlich und allmählich konnte ich es sogar wagen, den Stock aus meinem Hintern zu ziehen und mich etwas bequemer hinzusetzten, ja sogar anzulehnen. *Bildlich gesprochen, natürlich.* Wir schlürften dampfenden Tee und genossen die Mittagsstunden, während ein Feuer im nahegelegenen Kamin idyllisch knisterte. Ein wirklich gelungener, freier Tag.

Plötzlich flog die Eingangstür geräuschvoll auf und ein großer, eingeschneiter Mann betrat den Raum. Draußen schien ein Schneesturm zu wüten, was ich noch gar nicht bemerkt hatte. Ich schrak ungeniert zusammen, während sowohl Adam, als auch Abigail nicht im Geringsten zuckten.

„Herrgott, Jacob. Was für ein Auftritt. Du erschreckst unseren Gast ja zu Tode", schalt Abigail den Mann und ich hatte schon eine vage Ahnung, um wen es sich dabei handelte. Kurze, verwuschelte dunkle Haare, groß, breite Schultern ergänzt von einem durchdringenden Blick aus eisblauen Augen, den ich anderenorts schon oft bewundern durfte.

„Dad!" Adam stand auf und ging auf seinen Vater zu. Die Männer schlugen ein und umarmten sich anschließend herzlich, während dicke Schneefetzen zu Boden fielen.

„Jacob, was soll denn das. Immer dieser Schnee im Haus. Du weißt genau, dass ich das nicht mag." Und auch jetzt klang Abigails Kritik eher wie eine liebevolle Ermahnung als wahrhaftige Zickerei. Sie sprang auf, wuselte in die Küche und kam anschließend mit Eimer und Mob zurück. Akribisch wurde der bereits geschmolzene Schnee sofort aufgewischt, bis Jacob

Abigail am Arm packte, zu sich heranzog und sie küsste. Die kleine Frau hatte keine Chance und allmählich dämmerte mir, wo Adam seinen herben Charme herhatte.

„Entschuldige Schatz. Ich werde mich bessern."

„Du Lump", entgegnete Abigail, die ihrem Mann offensichtlich auch nach all den Jahren immer noch zutiefst verfallen war, und schlug ihm dabei frech auf den Oberarm.

„Versprich nichts, was du noch nie halten konntest." Es folgte ein liebevoller Blick von Jacob, ein weiterer kleiner Kuss und schon hatte sich die Situation in Wohlgefallen aufgelöst. Jacob schüttelte den Rest Schnee ab, zog die großen Stiefel und die Jacke aus und Abigail wischte fröhlich zu Ende.

Begeistert hatte ich diese wundervolle Szene aus der Ferne beobachtet. So und nicht anders stellte ich mir die ideale Ehe vor. Und obwohl ich Adams Eltern nicht kannte, verspürte ich jetzt schon den Wunsch, eines Tages zu ihnen zu gehören. Wofür ich mir natürlich sofort eine dicke Schelte meinerseits in Gedanken einfing.

Tagträumereien, April. Nichts weiter!

Allerdings wusste ich auch, was nun folgen würde, und das ließ mir erneut das Herz in mein Höschen rutschen. Der große Mann kam auf mich zu und fixierte mich mit seinem Eis-Blick einige Sekunden lang, während ich wie ein unsicheres Hühnchen vor ihm litt. Dann, er schien sich sein abschließendes Urteil über mich gebildet zu haben, streckte er mir seine große Pranke entgegen.

„Guten Tag. Mein Name ist Jacob. Willkommen in der Familie."

Alleine dieser einfache Satz erwärmte mein Innerstes mehr als jeder Tee oder flackernde Kamin. Natürlich hatte ich bereits eine eigene Familie, eine komplizierte, ja. Aber immerhin eine eigene. Trotzdem würde es mich unendlich freuen, auch hier einen Ort der Ruhe und Geborgenheit zu finden. *Eines Tages …*

Wir unterhielten uns noch eine Weile, wobei Jacob wesentlich wortkarger war als seine liebe, quirlige Ehefrau. Irgendwann wurden wir zum Essen in die große Landhausküche gerufen, wo wir uns um einen massiven Holztisch versammelten. Das Holz war hier allgegenwärtig, es war Sinnbild für ein Leben im Einklang mit der Natur. *Eine sehr schöne Vorstellung*, wie ich fand.

Es gab Hausmannskost. Eintopf und frisches Holzofenbrot, um genau zu sein. *Lecker!* Also das Richtige für hart arbeitende Männer. Wir aßen und quatschten, bis der Schneesturm draußen allmählich nachließ.

Adam schlug vor, mir anschließend etwas zu zeigen. Ich sollte mich nur rasch warm anziehen und schon konnte es losgehen. Da man bei Adam nie wusste, was einen erwartete, war ich nicht minder aufgeregt als bei unseren anderen Dates. Ich freute mich sehr darauf, wenn ich mich auch mit einem weinenden Auge dadurch von Abigail und Jacob, meinen neuen Lieblingsmenschen, verabschieden musste. Vielleicht war ja später noch Gelegenheit für einen Austausch. Auf jeden Fall wusste ich eines schon jetzt: Sollte es eine Zukunft für Adam und mich geben, würde ich dafür sorgen, dass der Sohn des Hauses wesentlich öfter nach Hause fand als bisher …

Kapitel 11
April

Da meine Klamotten nicht ansatzweise für dieses vergleichbar arktische Wetter gemacht waren, hatte Abigail ungefragt beschlossen, mir etwas von sich auszuborgen. Zwar waren die Sachen alle etwas weit, aber besser unschön warm gehalten sein als schick frieren. Adam führte mich nach draußen, wo der Schneesturm mittlerweile gänzlich abgeebbt war. Neben dem Blockhaus befand sich eine Art Carport. Allerdings standen dort nicht nur Autos, sondern unter anderem auch ein Schneemobil. Das war ein großer, motorisierter Schlitten mit zwei Kufen, der mir, dank Adams Roadrunner, keine Angst einjagen konnte. Adam schob das Gerät mit viel Muskelkraft rückwärts und zu mir herüber.

„Wohin fahren wir?"

„Lass dich überraschen, Baby."

Diese vier Worte verhießen vieles, aber sicherlich keine Langeweile. Und so, wie ich Adam kannte, würde ich bald mein blaues Wunder erleben. *Mein aufregendes, blaues Wunder.* Wie gewohnt, schwang ich mich hinter ihn auf die Sitzbank, richtete noch kurz die dicke Wollmütze zurecht, die mich vor dem Fahrtwind schützen sollte, und klammerte mich an Adams breiten Rücken. *Der wohlgemerkt immer noch nur seinen Jogginganzug trägt. Friert dieser Mann denn nie? Blanker Wahnsinn.*

Wir benötigten einige, kräftige Anläufe am Seilzug, bis das Schneemobil endlich ansprang. Dafür gestaltete sich die Fahrt anschließend umso rasanter. Dank der dicken Schneedecke konnten wir ungehindert durch die Landschaft brausen, vorbei an unzähligen Bäumen, denn Adam lenkte unseren Weg teilweise sogar mitten durch den Wald. Doch ich vertraute darauf, dass er auch dieses Gefährt im Griff hatte und wir daher gesund und munter am Zielort ankamen.

Ich wusste nicht, wie lange wir unterwegs waren, doch ich dankte Abigail insgeheim dafür, dass sie mir ihren schwarzen Schneeanzug aufgezwungen hatte. Denn sogar durch den dick gefütterten Stoff fror ich allmählich ein wenig. Trotzdem musste ich zugeben, dass die Fahrt mir außerordentlich gut gefiel. Die Mischung aus eisigem Wind, Adams warmem Körper vor mir und dem bezaubernd einsamen Winterwunderland hier hatte einen ganz besonderen Charme. Allmählich begann ich zu begreifen, was Adam mit der kleinen Auszeit vom Stadtleben meinte. Hier draußen fühlte ich mich frei, so, als ob ich seit Monaten nicht mehr tief durchgeatmet hätte. Die Zeit schien stillzustehen und sämtlicher Stress für immer Vergangenheit. *Auch wenn ich natürlich weiß, dass das nur von kurzer Dauer sein wird.*

Das letzte Stück führte uns über eine Buckelpiste, bis wir schließlich vor einer kleinen Version des Blockhauses ankamen, das sich ebenfalls am Waldrand befand. Wir parkten direkt vor dem Eingang und schüttelten den Schnee von den Klamotten. Adam entriegelte die Tür und wir traten ein. Natürlich handelte es sich hier nur um eine kleine Hütte, allerdings war sie dadurch nicht minder gemütlich. An der Wand befanden sich eine gemütlich einladende Holzbank mit rotem Bezug auf Sitzfläche und Lehne sowie ein kleiner Holzofen. Auf der anderen Seite gab es eine Art Küchenbereich mit Kochplatte und Waschbecken, sowie kleinen Hängeschränken. Zusätzlich hatte man die Möglichkeit, eine Platte von der gegenüberliegenden Wand aufzuklappen, die dann als Tisch fungierte, wenn man einen benötigte.

Adam nahm als erstes einige Scheite Holz aus einem Korb neben dem Ofen und entfachte damit ein Feuer. Eine einzelne Glühbirne erhellte den Raum zusätzlich, weil das Licht durch die beiden kleinen Fenster nur spärlich ins Innere der Blockhütte drang. Außerdem neigte sich die Sonne hier schon früh dem Horizont entgegen, sodass es in Kürze draußen wohl dunkel sein würde. Schnell war klar, dass ich den Schneeanzug hier drinnen nicht brauchen würde, da sich die Wärme des Ofens rasch gleichmäßig im Raum ausbreitete.

„Das ist die Hütte meines Vaters und seiner Arbeiter, wenn sie von der Holzarbeit im Wald einen Unterschlupf brauchen."

„Etwa, wenn ein Schneesturm sie überrascht?"

„Ja, zum Beispiel. Oder, wenn sie länger bleiben und hier zu Mittag essen. Dosensuppe und dergleichen. Es kann viele Gründe haben, aber heute haben sie ihre Arbeit ja schon erledigt, wie du gesehen hast. Dad war früh daheim."

Wie ich es liebte, wenn Adam derart liebevoll über seine Familie sprach. *Ganz offen und weitaus weniger arrogant.*

„Möchtest du etwas trinken? Wir hätten Wasser aus Schnee, weil die Leitungen sicher eingefroren sind. Ich könnte uns einen Tee daraus machen."

Auch wenn mich die Sache mit dem Schnee ein wenig abschreckte, fand ich die Vorstellung, dass Adam uns Tee kochte, schon sehr verlockend.

„Den Tee nehme ich gerne."

Adam nickte und machte sich sofort an die Arbeit. Ein blauer Teekessel, etwas Schnee von draußen schnell auf die Platte oben am Ofen gestellt und schon hatten wir in Kürze dampfendes Wasser für unsere Teebeutel. Die zauberhafte Einfachheit der Situation wärmte meinen Körper von innen.

„Ich muss schon sagen, ihr führt hier wirklich ein schönes Leben. Ganz anders, als ich es von L.A. Kenne, und dennoch sehr reizvoll."

„Ich weiß. Es hat alles seine Vor- und Nachteile. Dennoch wollte ich damals unbedingt in die große Stadt. Heute ist Kanada jedoch ein willkommener Rückzugsort für mich geworden, um mal wieder den Kopf frei zu bekommen."

Das konnte ich sehr gut verstehen, obwohl ich dem Grunde nach ein absolutes Stadtkind war. Selbst die Einöde von Junes Vorstadtleben brachte mich nach kurzer Zeit schon um den Verstand. *Wobei ich mir nicht sicher bin, ob das nicht vielleicht nur an June und Phil liegt*, überlegte ich kurz.

Genüsslich schlürften wir unseren Pfefferminztee, kuschelten uns zusammen auf die rote Bank und genossen den Augenblick der Ruhe. Erst Adams eindeutiges Angebot, das er mir leise ins Ohr hauchte, ließ meinen Puls wieder zu Höchstformen auflaufen.

„Lust auf ein weiteres Abenteuer, Baby?"

Lust? Alleine die Tatsache, dass ich bei Adam nie wusste, was mich in der Hinsicht erwartete, war schon Grund genug dafür, dass ich niemals hätte ablehnen können. Meine Antwort sah folgendermaßen aus: Ich nahm Adam die Tasse mit Tee aus der Hand, ging hinüber zum Waschbecken und stellte beide dort ab. Dann zog ich mir meinen Langhaar-Pullover frech über den Kopf, sodass ich schließlich nur noch in einer schwarzen Korsage mit dunkelblauen Bändern und meiner Hose vor Adam stand. Allerdings musste auch diese im nächsten Schritt weichen, was Adam, sehr zu meiner Freude, mit süffisantem Lächeln zur Kenntnis nahm.

„So auf die Art?", fragte ich betont unschuldig mit großem Augenaufschlag.

„Oh ja", raunte mir Adam mit tiefer Stimme entgegen, während er aufstand und mich in seine Arme zog. Wir zwei, alleine in der kanadischen Wildnis in einer Hütte, in der in einem Kamin ein lauschiges Feuer prasselte. Ging es denn überhaupt noch romantischer? *Wohl kaum.*

Wir küssten uns ausgiebig und ich nutzte die Gelegenheit, Adam ebenfalls aus seinem Oberteil zu schälen. Auch das darunterliegende Shirt musste kurzerhand dran glauben. Bewundernd strich ich mit den Fingern über seine harten Brustmuskeln. Ich konnte nicht anders, musste das Ruder für kurze Zeit an mich reißen, indem ich um ihn herumging und den großen Engel auf Adams Rücken bewunderte. Perfekt schmiegten sich die Schwingen der großen Flügel an seinen Körper, umschmeichelten jede einzelne Kontur. Meine Lippen benetzten das wunderschöne Tattoo mit Küssen, bahnten sich ihren Weg über Adams Schultern wieder nach vorne zu seinem warmen, weichen Mund, während meine Finger in passendem Abstand der Spur in sanften Berührungen folgten.

„Oh, Baby. Du treibst mich noch in den Wahnsinn und ich werde dir gleich zeigen, was das bedeutet." Mein Herz machte einen Satz, vielleicht sogar einen Salto, so sehr bejahte es Adams heiße Ankündigung. Geübte Hände erkundeten meinen Körper, öffneten gekonnt die blauen Seidenbänder, denn offensichtlich musste auch meine eng geschnürte Korsage Adams Vorstellungen weichen. Adam schien meine Gedanken zu lesen.

„Ich liebe deine Dessous, doch heute habe ich etwas ganz Besonderes mit dir vor. Lass dich fallen und ich verspreche dir, du wirst es nicht bereuen, Kleines."

Adam

Mein Puls raste, denn ich konnte es kaum erwarten, April gleich mir vollkommen ausgeliefert mein Eigen zu nennen. Auch heute sah sie in ihrer engen Korsage wieder zum Anbeißen aus. Trotzdem musste ich meine Kleine für mein Vorhaben dort herausschälen. Draußen herrschte frostige Kälte, dafür war es umso heißer in der Hütte. *Genau das Richtige für mich.* Ungeduldig öffnete ich die blauen Samtbänder, beinahe so, als ob ich mein ganz persönliches Geschenk auspackte.

April genoss es sichtlich, denn leichtes Stöhnen begleitete jede meiner Berührungen ihrer weichen Haut. Hier draußen waren wir ganz alleine, gefangen in unserer Lust, die neue Ausmaße annahm. Ich ließ mir Zeit mit meinem Geschenk, küsste und knabberte immer wieder an der mir dargebotenen Frucht.

„Baby, du hast ja keine Ahnung, was du mit mir anstellst." Oh doch, meine kleine Elfe war sich ihres Einflusses sehr wohl bewusst und quittierte mein Geständnis lediglich mit einem frechen Grinsen. Dafür hatte sie sich eigentlich einen Klaps auf ihren runden Apfelpo verdient. Aber dazu später.

Ich dirigierte April, die mittlerweile nackt und zitternd vor Lust dastand, etwas näher an die Wand. Von dort nahm ich ein dickes Seil von einem Haken, das ansonsten auch dafür benutzt werden konnte, Ladung auf dem Schneemobil zu fixieren. Glücklicherweise war das Seil kürzlich erst ersetzt worden und daher wie neu.

Mit großen Augen beobachtete meine Kleine, was ich nun tat. Ohne sie weiter zu fragen, legte ich die Mitte des Seils vorne um ihren Hals und ließ die Enden nach hinten über Aprils Rücken gleiten. Anschließend überkreuzte ich sie und führte die Seilenden unter ihren Armen wieder nach vorne, straff unter ihrer Brust vorbei und wieder nach hinten. Erneut kam mir der Gedanke, dass auch das meiner Vorstellung von meinem ganz persönlichen, besonders verpackten Geschenk entsprach.

Ich achtete darauf, dass das Seil eng an Aprils Porzellanhaut anlag, jedoch nicht wirklich einschnitt. Gerade so, dass es ihr zuckersüßen Lustschmerz bereiten würde. Die zwei Reihen unter ihrer Brust hoben mir Aprils Nippel verlockend entgegen und ich konnte mir jetzt schon gut vorstellen, diese in Kürze ausgiebig zu vernaschen. *Geduld, Mars. Erst das Paket fertig schnüren.*

Wieder auf Aprils Rücken angekommen, überkreuzte ich die Enden erneut, führte sie nach vorne zwischen ihren Beinen hindurch, sodass sie straff links und rechts an ihren Leisten nach hinten führten. Dort verknotete ich jede Seite fest auf der Oberseite von Aprils Oberschenkeln mit dem Stück, das zuvor von ihrem Rücken nach vorne führte. Egal, wie sie sich nun bewegte, meine Kleine würde meine sanfte Macht über ihre Lust deutlich an Hals, Brust und auch in ihrer Leistengegend spüren.

Ich wies April an, sich auf einem Barhocker, der an der Wand stand, niederzulassen, während ich das Seil an ihren Oberschenkel anschließend noch etwas enger zog. April stöhnte und spreizte die Beine seitlich des Hockers. Einladend glitzerte ihre bereitwillige Mitte und ich konnte mich kaum noch zurückhalten. Mein Schwanz drängte schmerzhaft an die Innenseite meiner Hose, doch auch er musste sich noch ein wenig in Geduld üben.

Seitlich, etwas höher als Aprils Kopf, waren links und rechts weitere, große Wandhaken angebracht. Ohne den Blickkontakt abbrechen zu lassen, führte ich Aprils Hände jeweils zu einem der Haken, an denen sie sich festhalten konnte. *Sie wird es brauchen*, dachte ich noch, ehe ich mir vor ihr auf die Knie niederließ. April rutschte instinktiv sogar noch ein wenig nach vorne und präsentierte mir so ihre köstliche Mitte.

Als meine Zunge ihre wartende Scham berührte und in kreisenden Bewegungen ihre pochende Perle massierte, stöhnte April erneut laut auf. Dabei verstärkte sie auch den Griff um die goldenen Haken und spreizte ihre Beine auf maximale Breite. Genüsslich leckte ich ihre feuchte Muschi und fickte sie mit der Zunge. Nur nicht zu sehr, denn ich wollte sie nicht allzu sehr auf meinen Großen vorbereiten. Wenn ich mich später in sie rammte, sollte sie schreien vor Lust und auch etwas Schmerz.

Bevor meine Kleine den Gipfel des Orgasmus schon jetzt erklomm, verlagerte ich mein süßes Martyrium schnell auf eine andere Körperstelle. Frech ragten mir ihre rosigen Nippel, gestützt durch das Seil, entgegen und verlangten nach Aufmerksamkeit. Doch ich würde mich nicht länger zurückhalten und biss stattdessen kräftig hinein. Aprils Schrei war Musik in meinen Ohren. Ich saugte an ihren Brüsten, bis sie heiß und dunkelrot waren. Ein wahrhaft wunderschöner Anblick.

April sollte die Male unserer Lust noch länger im Geheimen an sich tragen, so der Plan.

„Und jetzt wirst du spüren, was es heißt, mich in den Wahnsinn zu treiben, Baby." Schnell zog ich die Jogginghose sowie meine Shorts nach unten und entließ meinen Großen in die Freiheit. Ich zog April an den Seilen noch etwas näher zu mir heran, brachte meinen Schwanz in Position und stieß zu. Bis zum Anschlag glitt ich in ihre feuchte, enge Mitte, während April sich noch fester an die Haken klammerte und ihre Lust hemmungslos herausstöhnte. Meine Hände umgriffen ihren Po, fanden festen Halt in Aprils zarter Haut. Ihre geröteten Brüste wippten im Takt zu meinen harten Stößen, mit denen ich ihren kleinen Körper glücklich machte. So fest ich konnte, fickte ich meine gefesselte April gegen die Wand der Blockhütte. Ohne Rücksicht auf Verluste und sie genoss es in vollen Zügen.

„Bitte, Adam, nimm dir, was du willst. Ich gehöre dir." Das waren die Worte, die ich hören wollte. April gehörte mir und ich würde mir zu jeder Tages- und Nachtzeit von ihr nehmen, was ich brauchte. *Liebe, Geborgenheit und heißen Sex*. Diese weitere Erkenntnis spornte mich noch mehr an, sodass ich sie so nah wie möglich an mich heranrückte, um mich noch etwas tiefer in ihr zu versenken. April war bereits fast am Ziel angekommen, das konnte ich an dem hohen Klang ihrer Lustschreie deutlich erkennen. Noch drei weitere, harte Stöße und meine Kleine wurde hoch fiepend von einem gigantischen Höhepunkt überrollt, krallte sich dabei so fest wie möglich an die Wandhaken.

Und auch für mich war der Zeitpunkt gekommen. Ich konnte mich nicht länger zurückhalten und spritzte ihr meinen Saft tief in ihren bebenden Körper.

Gemeinsam erklommen wir den Gipfel unserer Lust, laut, hemmungslos und heiß, bis wir schließlich wieder zu Atem kamen. Doch mein Großer wollte keine Ruhe geben und verlangte nach mehr. Als April, an meine Schulter gelehnt, wieder zu Atem kam, half ich ihr vom Barhocker herunter und führte sie hinüber vor die rote Bank.

„Knie dich hin. Ich werde dich nun in den Mund ficken." Große Augen starrten mich an, April widersprach jedoch nicht und tat, was ich ihr befohlen hatte. Ich ließ mich vor ihr auf der Bank nieder, sodass ihr Objekt der Begierde wartend aufragte. Zaghaft beugte sie sich vor, machte aber auch hier keinen Rückzieher. Ganz im Gegenteil, der Glanz in ihren dunklen Augen verriet, dass auch sie Lust auf diese zweite Runde hatte.

Ich lehnte mich entspannt zurück und wartete mit geschlossenen Augen ab, was geschah. Als ihre kleine Hand meinen Schaft umgriff, wäre ich am liebsten aus der Haut gefahren. Doch in dem Moment, während ihr Mund meine dicke Eichel umschloss, wusste ich, dass ich im Himmel der Lust angekommen war. April, gefesselt vor mir kniend, meinen Schwanz in ihrem Mund. *Ein Traum.*

Zunächst etwas zurückhaltend und anschließend immer fester saugend und leckend, umspielte sie gleichzeitig mit Mund, Zunge und Händen meinen harten Schwanz. Es kam mir vor, als hätte sie das noch nie zuvor gemacht, trotzdem verwöhnte sie mich mit viel Hingabe und Zärtlichkeit. Mehr, als ich es von anderen Damen kannte. Mit den Minuten stieg auch Aprils Sicherheit und so dauerte es nicht lang, bis ich ihr meinen warmen Saft ungehemmt in den Mund spritzte. Bereitwillig schluckte meine Kleine das

Ergebnis ihrer oralen Massage, als ich sie anschließend auf meinen Schoß zog. Mit einem Finger wischte ich ihr über ihre zart geröteten Lippen und begann, sie von ihren Fesseln zu befreien.

Das Seil hatte leichte Male an Hals, Brust und Oberschenkeln hinterlassen. *Wunderschön.* Sanfte Küsse meinerseits bedeckten die geschundenen Stellen, heilten schnell die Wunden der Lust. Das Leuchten in Aprils Augen bestätigte mir, was ich insgeheim längst wusste: Auch sie hatte eine Schwäche für diese Art von Sex und gemeinsam erlebten wir nie gekannte Höhepunkte. *Wenn ich romantisch veranlagt wäre, würde ich sagen: Wir sind wie zwei Engel mit je nur einem Flügel. Nur gemeinsam können wir fliegen. Aber zum Glück bin ich das ja nicht*, dachte ich leicht schmunzelnd und zog meinen Engel in meine Arme. Denn das war sie: mein Engel.

Was für eine merkwürdige Wendung das Schicksal für mich bereithielt. Ich war nie auf der Suche nach Liebe gewesen und dennoch hatte ich nun das Gefühl, von der Liebe gefunden worden zu sein. Ich hatte es wirklich versucht, mich dagegen zu wehren und hatte mich gut versteckt hinter einer sicheren, arroganten Fassade, sorgsam erbaut aus Steinen des harten Show-Biz. Doch nun war endgültig klar, dass ich gegen diese Macht nicht länger ankommen würde. *Der Liebe zu meiner keinen Elfe, April …*

Kapitel 12
Adam

Wir hatten uns noch einige Zeit vor dem Ofen unter einer dicken Decke zusammengekuschelt und waren schließlich sogar auf der rot gepolsterten Bank eingeschlafen. Zum Glück hatte ich meinen Eltern in weiser Voraussicht gesagt, dass wir eventuell länger fort sein würden, denn ich hatte keine Lust, dass sie nachts plötzlich aus Sorge auf die Idee kamen, den Wald nach mir abzusuchen. *Handynetz hier? Fehlanzeige.*

Die Nacht verging schnell, was leider auch bedeutete, dass wir heute am Nachmittag schon wieder unsere Heimreise ins vergleichbar warme L.A. antreten mussten. Mehr freie Tage konnten wir uns leider nicht erlauben, denn selbst diese waren schon mehr, als was der Regisseur in Bezug auf April für gut hieß. *Scheiß drauf.* April war eine Koryphäe in ihrem Job und somit nicht auf diesen einen Film angewiesen. Sie hatte gearbeitet wie ein Pferd und sich wirklich diese kurze Auszeit verdient.

Eines wollte ich meiner Kleinen jedoch noch zeigen, ehe der Alltag uns wieder in Beschlag nahm. Ich weckte April früh und gemeinsam machten wir uns für den Tag am Waschbecken frisch. Zahnbürsten und auch Zahncreme hatte ich zur Sicherheit mitgenommen, denn man wusste ja nie, was in einer einsamen Blockhütte so alles geschah. Eine Toilette gab es keine, denn wir hatten ja einen großen Wald hinter uns, was April ein wenig pikiert zur Kenntnis nahm.

Zähneklappernd begab sie sich schließlich in die klirrende Kälte zum Pinkeln in den Wald.

Später konnten wir uns bei einem ausgiebigen Frühstück von meinen Eltern verabschieden. Doch zuvor würden wir noch einen kurzen Abstecher machen. Das Schneemobil sprang bereitwillig an und brachte uns zurück durch den weißen Winterwald zu unserem Gut. Dicke Schneeflocken tanzten vom Himmel und machten die Idylle perfekt. Wir hielten etwas entfernt vom großen Haus, wo sich die Stallungen der Arbeitspferde befanden. Allesamt große, braune Kaltblüter mit blonden Mähnen. April schien zu ahnen, was nun folgen würde, und wie allen Mädchen ging ihr schon jetzt sichtlich das Herz auf. *Dachte ich mir.*

„Oh, Adam. Das ist ja toll. Ich darf tatsächlich noch eure Pferde sehen?"

„Wenn du willst? Gerne."

„Ob ich will? Natürlich! Wann bekommt man in L.A. schon einmal so eine tolle Gelegenheit?" April sprang vom Schneemobil und fand ganz von alleine das große Tor, das in die Stallungen führte. Schon vor Jahren hatten wir den alten Stall modernisiert, ihn etwas offener und heller gestaltet, denn keine Maschine konnte das leisten, was die Pferde für uns taten. Selbst in noch so unwegsamem Gelände arbeiteten sie stets zuverlässig an der Seite meines Vaters und der Arbeiter. Sie zogen die größten Baumstämme aus dem Dickicht heraus zum Abtransport.

April zögerte noch kurz und holte sich von mir das stumme Einverständnis, hineingehen zu können. Ich nickte und schon betrat sie in einiger Entfernung den Stall. Drinnen angekommen, hatte sie sich schnell ihr Lieblingspferd auserkoren. Ich stellte mich zu den beiden, während April dem Pferd zärtlich die Nüstern kraulte.

„Das ist Neo."

„Was für ein wundervoller Name."

„Danke. Er hat ihn von mir."

„Das ist dein Pferd?", fragte sie erstaunt.

„Ja. Er begleitet mich schon viele Jahre. Natürlich komme ich schon lange nicht mehr dazu, ihn zu reiten." Ich tätschelte Neo den Hals.

„Das ist schade. Ja, unsere Jobs nehmen uns ganz schön in Beschlag." Dem konnte ich nur nickend zustimmen.

„Manchmal stimmt das. Aber das holen wir nach, mein Großer, ja? Nach dem Winter." Und auch wenn meine Versprechungen hinsichtlich einer Rückkehr nach Kanada bisher immer nur Schall und Rauch gewesen waren, spürte ich, dass ich sie diesmal halten würde. *Zusammen mit April*, wie ich hoffte.

Nacheinander stellte ich April auch die anderen fünf Pferde vor. Sie konnte sich kaum losreißen und ich wollte ihr den Wunsch, noch etwas länger zu bleiben, nicht abschlagen. Daher holte ich kurzerhand zwei Klappstühle und stellte sie in der Nähe von Neos Box auf. Eine kleine Holzkiste diente als Tisch. Ich nahm eine der Petroleumlampen von der Wand und stellte sie vor uns auf den Tisch. *Nicht romantisch, Mars. Nur gemütlich.* April beobachtete lange einfach nur schweigend die Pferde, ehe ihre helle Stimme die Stille durchbrach:

„Weißt du eigentlich, wie glücklich du dich schätzen kannst?" *Na ja*, vermutlich konnte ich das.

„Was meinst du?"

„Liegt das nicht auf der Hand? Du hast eine Familie, die dich vergöttert, egal wie lange ihr untreuer Sohn sich wieder in der Großstadt herumtreibt. Du bist erfolgreich, kannst im Prinzip tun und lassen, was du willst, und hast immer diesen ganz besonderen Rückzugsort. Das ist wahres Glück."

So auf den Punkt gebracht, hatte ich das noch gar nicht betrachtet.

„Ja, ich kann alles tun. Außer mich in der Öffentlichkeit zeigen."

„Okay, das ist ein Minuspunkt. Aber du hast eine Familie, die zu einhundert Prozent hinter dir steht. Glaub mir, das ist unendlich viel wert." Die plötzliche und vermeintlich gut gehütete Traurigkeit, die in Aprils Stimme mitschwang, war mir nicht entgangen. Ich wusste nicht viel von ihr. Nur, dass sie seit vielen Jahren Vollwaise war und ihre Schwester June damals die Vormundschaft für April übernommen hatte. *Es ist nicht leicht, wenn die Schwester über das eigene Leben bestimmt und sich vielleicht nie bewusst geworden ist, dass April irgendwann erwachsen war.*

„Du und June? Ihr habt nicht das beste Verhältnis, oder?" Ich war mir nicht sicher, ob April schon für einen derartigen Vorsprung bereit war. Wenn es ihr jedoch half, war es das Risiko allemal wert. Tatsächlich dauerte es einen Moment, ehe sie die geeigneten Worte dafür fand.

„Nun ja. Es ist kompliziert. Oder auch nicht. Ich weiß es nicht. June meint es nicht böse. Sie hat die Mutterrolle einfach ein wenig zu ernst genommen."

„Das sehe ich anders. Eine Mutter herrscht nicht über ihr Kind, sondern lehrt es, selbstständig auf eigenen Beinen zu stehen. Liebevolle Unterstützung anstelle diktatorische Unterdrückung." Ein harter Brocken, doch ich war der Meinung, dass April sich all das selbst nie eingestehen würde. Schließlich liebte sie ihre Schwester.

„Das mag sein. Aber hey, es hat auch Vorteile, das schwarze Schaf der Familie zu sein. Du kannst dir immer alles erlauben, ohne dass sich jemand wirklich darüber wundert."

„Ich finde nicht, dass du das bist. Klingt zu gemein." Alleine dafür, dass June April dazu brachte, sich immer wieder als schwarzes Schaf zu fühlen, hätte ich June gerne einmal die Meinung gegeigt.

„Ach, man gewöhnt sich daran. Und June hat auch gute Seiten. Schließlich hat sie immer dafür gesorgt, dass es uns gutging. Auch wenn sie in meinen Augen bei der Erziehung ihrer Höllenbrut kläglich versagt hat."

Wow!

„Also bist du wirklich eher die böse Tante?", witzelte ich.

„Ja und nein. Ich will es dir an einem Beispiel etwas näherbringen. Warte." April überlegte.

„Weißt du noch letztens, als du mich nach der Nacht im Hotel zu mir nach Hause gefahren hast?"

„Ja?" *Wie könnte ich diese Nacht vergessen …* Mein vielsagender Blick ließ Aprils Wangen köstlich erröten, ehe sie fortfuhr.

„Okay, also: June war schon dort. Ich meine, sie hat auf mich gewartet, weil sie mir meinen Geldbeutel geben wollte."

„Warum das? Sollte der nicht in deiner Handtasche sein?"

„Genau das habe ich mir auch gedacht. Einige Tage zuvor war ich doch bei meiner Schwester zum Abendessen eingeladen. Vermutlich auch deswegen, um mir meine regelmäßige Standpauke über mein vermeintliches Lotterleben abzuholen. Du weißt schon, als du mich vor ihrem Haus abgesetzt hast. Jedenfalls verlief der Abend nicht ungewöhnlich. Eher gewöhnlich langweilig und gespickt mit vielen Vorhaltungen, auch in Bezug auf dich, übrigens."

Jetzt mussten wir beide lachen. *Ich, der neueste Skandal der Familie? Sehr gerne.*

„Na jedenfalls hatten ihre beiden Jungs nichts Besseres zu tun, als in einer unbeobachteten Minute meine Handtasche zu durchsuchen und meinen Geldbeutel zu klauen. June hat ihn dann etwas später per Zufall im Zimmer der Jungs gefunden und ihn mir eben deshalb gebracht."

„Okay. Das erklärt einiges. Hat was gefehlt? Was hat June dazu gesagt?"

„June? Sie würde nie über etwas schimpfen, was ihre zwei Bengel machen. Sie seien eben Jungs und das müsste man halt verstehen. Und Bargeld habe ich ohnehin nie viel dabei. Aber die wenigen Dollar waren natürlich weg."

„Interessant. Ob sie das auch noch so sieht, wenn ihre Söhne eines Tages im Knast landen?"

„Wahrscheinlich schon. Außerdem ist Langweiler Phil ja Polizist. Er würde sicher eine Möglichkeit finden, um George und Bill rauszuhauen."

„Biester."

„So ist es", bestätigte April. Es tat mir innerlich weh, welch schlechte Meinung meine kleine Elfe von sich selbst hatte, und ich hatte mir geschworen, dass dieser Umstand ein anderer werden musste. Ich würde dafür sorgen, dass sie sich endlich als den herzensguten Menschen akzeptieren konnte, der sie war, ohne an schwarze Schafe oder Ähnliches zu denken. April war mein ganz persönlicher Engel und ich würde gegen jeden vorgehen, der sie angriff. So viel stand unumstößlich fest.

„Da fällt mir ein, June hat uns übrigens zusammen bei sich zum Essen eingeladen, sobald wir zurück sind. Aber ich verstehe natürlich, wenn du kurzfristig verhindert bist. Schließlich habe ich nicht einmal selbst rechte Lust darauf.“

Ich und ein Feigling? Sicher nicht. Ich würde dieser selbstherrlichen Kuh schon zeigen, wie sehr man sich anhand der Fassade in manchen Menschen täuschen konnte. *Und sei es, in einem missmutigen, arroganten Schauspieler.*

„Kein Problem. Ich komme mit.“

„Wirklich?“

„Sicher. Ich werde dich doch nicht alleine als Schaf unter das Wolfsrudel lassen.“ *Sehr bildlich gesprochen, jedoch nicht ganz unwahr.* April fiel mir unerwartet um den Hals. Als meine Lippen die ihren berührten, konnte ich deutlich die Erleichterung, aber auch den Schmerz, den dieses Thema in ihr hervorrief, spüren. Deshalb strich ich meiner Kleinen sanft über das lange, schwarze Haar und sagte ohne Hemmungen und erstmals in meinem Leben die Worte, die sie mehr als verdiente: „Ich liebe dich, Baby.“

Kapitel 13
April

Die Zeit schien still zu stehen. Alles um uns herum verblasste angesichts der gewichtigen Worte, die Adam mir an jenem Tag im Reitstall gesagt hatte. Noch nie hatte ich mir etwas mehr gewünscht, als diese Worte aus seinem Mund zu hören. Sicher, in meiner Vergangenheit hatte es schon den einen oder anderen Casanova gegeben, der Ähnliches vom Stapel gelassen hatte. *Völlig unpassend und übertrieben.* Doch Adam entfachte ein nie dagewesenes Feuerwerk der Schmetterlinge in meinem Bauch, das ich nicht kontrollieren konnte. Mit ihren graziösen Flügeln trugen sie mich hinfort in die unbekannten Welten wahrer Liebe. Und auch wenn ich die magischen Worte nicht erwiderte, weil ich fürchtete, dass dies zu abgedroschen wirken könnte, empfand ich mehr für Adam, als ich je beschreiben könnte. Bereits die kurze, jedoch dafür umso intensivere Zeit mit ihm hatte mir gezeigt, was ich schon längst aufgegeben hatte: Liebe und Vertrauen, ohne Berechnung oder Hintergedanken. Ja, ich vertraute Adam zutiefst, wusste, dass er mich nie absichtlich verletzen würde.

Eigentlich war ich immer der Meinung gewesen, dass das Leben für mich einfach nicht den richtigen Mann bereithielt, und war auch nicht traurig darüber. Dass ich jedoch ausgerechnet auf einen arrogant wirkenden, schlecht gelaunten Star abfahren würde und er anscheinend die passende Ergänzung für mich darstellte, hätte ich nie für möglich gehalten. *Genauso wenig wie vermutlich jeder andere Mensch in meiner Umgebung. Schicksal.*

Leider hatte auch die schönste Auszeit irgendwann einmal ein Ende und so mussten wir uns wohl oder übel nach einem ausgiebigen Frühstück von Adams wundervollen Eltern verabschieden. Doch, es war kein Abschied für immer, denn auch Abigail und Jacob hatten darauf bestanden, dass wir unbedingt in naher Zukunft einmal wieder zu ihnen auf Besuch kamen. Und obwohl wir nur kurz in Kanada gewesen waren, fühlte ich mich geistig frei und fit für einen Neuanfang. Alle Energiereserven waren aufgetankt und so glaubte ich mich auch der nächsten großen Hürde gewachsen, nämlich unserem gemeinsamen Besuch bei meiner Schwester. Einerseits war ich froh, dass ich diesmal nicht alleine in die Höhle der Löwin musste, andererseits war June schon immer ein brodelndes Pulverfass gewesen und man konnte nie wissen, welche Unverschämtheit ihr plötzlich über die Lippen kam.

Die nächsten Tage hatten Adam und ich damit verbracht, uns wieder ganz dem Filmdreh zu widmen. Ich gestaltete neue Kulissen, diesmal den Teil eines Autokinos, in dem unsere Nebendarstellerin sich mit Psycho Adam verabreden sollte. Eine wahrhaft gelungene, schauspielerische Darbietung von Adam, wobei ich schon zugeben musste, dass mir die zahlreichen Küsse und Fummeleien der beiden am Set schon gewaltig an die Nieren gingen. *Okay, am liebsten hätte ich Blondie aus dem Wagen gezerrt und ihr gehörig die Fresse poliert. So, jetzt ist es raus.* Aber natürlich blieb ich professionell und flippte auch nicht aus, als Adam mich wegen meines langen Gesichtes ein wenig aufzog. *Mistkerl!* Allerdings konnte ich mich nicht beschweren, was Adams Wiedergutmachung dahingehend betraf. *Oooooh nein!*

Die Tage nach unserer Rückkehr hatte ich noch versucht, June ein wenig zu vertrösten, denn so vergnügungssüchtig, dass ich das Treffen bei ihr kaum erwarten konnte, war ich nun auch wieder nicht. Allerdings währte die Ruhe nur kurz und so fügten wir uns schon bald dem unaufhaltsamen Schicksal.

Nachdem wir unseren Drehtag erfolgreich beendet hatten, schauten wir noch kurz bei mir zu Hause vorbei, damit ich Bella versorgen konnte. Dank der guten Pflege von Calvin während unseres Kanadaaufenthaltes hatte die Gute sogar noch etwas an Umfang zugelegt und daher momentan wenig Lust, über die Dächer von L.A. zu streunen. Stattdessen räkelte sie sich die meiste Zeit bei mir auf der Couch und wenn ich auch etwas Platz dort beanspruchte, wurde ich nur ungern geduldet. Bellas vorwurfsvoller Blick sprach Bände …

Vielleicht war es auch nur ein weiterer, kläglicher Versuch, mich noch etwas länger vor den musternden Blicken meiner lieben Schwester zu drücken. Aber es half ja nichts, und mit Adam an meiner Seite konnte ich alles überstehen. Das wusste ich nun. Natürlich hatte er sich auch für June nicht in seinem Wesen verbogen und ich war dankbar dafür, dass er nicht auf die Idee kam, sie mit Anzug und Krawatte zu beeindrucken. Stattdessen trug er sein übliches Schwarz an Hose und Shirt sowie jede Menge Leder- und Silberarmbänder. *Einfach zum Anbeißen!*

Beinahe pünktlich zur vereinbarten Uhrzeit kamen wir vor dem Haus der Harris' an und auch hier zögerte ich einen Augenblick, ehe ich vom Quad herunterstieg. Adam war mir dabei behilflich. Er küsste meinen

Handrücken und versicherte mir, dass alles gutgehen würde.

Wie schön. Schließlich konnten wir ja einfach wieder gehen, sollte es uns zu doof werden. Also im Prinzip das, was ich ohnehin ständig tat, wenn mir meine Verwandtschaft auf die Nerven ging. Noch einmal tief durchgeatmet, und schon konnte es losgehen.

Natürlich wartete June schon an der Tür, möglicherweise seit Stunden, und lächelte uns geübt entgegen. Etwas weniger aufgesetzt hätte auch nicht geschadet, wie ich fand. Aber vermutlich war auch sie reichlich nervös, ob der fremden, düsteren Person, die heute Abend ihr Unwesen in Junes wohlbehütetem Heim treiben würde. *Überspitzt dargestellt, natürlich.*

„Wie schön, dass ihr es nun doch endlich zu uns geschafft habt. Bitte, kommt doch herein."

Der erste Vorwurf noch auf der Türschwelle? Beinahe ein neuer Rekord.

Adam schüttelte June die Hand, anschließend auch Phil, der sich schützend hinter seine Frau gestellt hatte und den braven Ehemann markierte. *Als ob wir nicht alle wüssten, dass er heimlich Pornos anschaut …*

„Guten Abend. Vielen Dank für die Einladung." Ich staunte nicht schlecht über Adams hervorragende Manieren, während er mir meine Jacke abnahm. Den gut getarnten Kniff in mein Hinterteil, bemerkte dabei jedoch niemand. Heute hatte ich mich für ein dunkelgrünes Wollkleid mit schmalen, schwarzen Längsstreifen sowie Overknee-Stiefel entschieden, die ich natürlich im Eingangsbereich ablegte. Schließlich sollte Phil nicht auf dumme Gedanken kommen, was die brave Optik seiner Frau anging.

War June sogar nochmal beim Friseur? Ihre schulterlange Vorstadt-Frisur saß heute irgendwie noch akkurater als sonst.

Am Ende einer kurzen Schnupperphase hatten wir uns jedenfalls alle um den großen Esstisch versammelt. Alle außer George und Bill, die heute Abend auf ihren Zimmern bleiben und zocken durften. *Besser so.* Möglicherweise eine reine Vorsichtsmaßname von June, damit ihre missratenen Söhne das Gesamtbild nicht zerstörten. Oder aber sie fürchtete, dass Adam, der Thriller-Schauspieler, und ich in Kombination nicht der richtige Umgang für ihre kleinen Lieblinge wären. *Beides durchaus möglich.* Jedenfalls war auf June Verlass, was eine eher weniger entspannte Konversation anging. Genau genommen, platzte sie sofort mit der Tür ins Haus.

„Wie schön. Jetzt, wo wir Sie endlich einmal persönlich kennenlernen, Adam. Sagen Sie, wie ist das für Sie, dass Sie meine kleine Schwester bei einem sogenannten organisierten One-Night-Stand kennengelernt haben? Das muss ja einen schrecklichen ersten Eindruck auf Sie gemacht haben."

Hey, hallo! Ich war nicht die alleinige Sünderin, ja? Schließlich war Adam auch an dem Spiel beteiligt gewesen und damit keinen Deut besser als ich. Eigentlich hatte ich jetzt schon genug, doch ich wollte keine Spielverderberin sein und dem Ganzen noch eine weitere Chance geben. *Oder auch zwei, drei*, wie ich fürchtete. Adam hingegen ließ sich nicht aus der Ruhe bringen. Wenn er sich in dieser offenherzig neugierigen Runde unwohl fühlte, verbarg er es jedenfalls geradezu meisterhaft.

„Hätte ich gewusst, welch wundervolle junge Frau ich dort kennenlernen würde, wäre ich schon viel früher in den Dark Room gegangen. Wir leben schließlich in modernen Zeiten und nicht im Mittelalter. Daher ist das schon okay so. Schicksal, würde ich sagen.“ Dabei drückte er betont offensichtlich meine Hand.

Fast ein wenig zu dick aufgetragen, überlegte ich amüsiert über Junes vielsagenden Blick.

„Ach, wie schön. Und wie ist das für Sie bei der Arbeit am Set? Ich meine, Ihnen müssen die Damen ja haufenweise zu Füßen liegen. Fällt die Wahl da nicht manchmal ein wenig schwer?“

„June! Was soll denn das? Ist das etwa ein Verhör?“ *Ein entschiedener Schritt in die falsche Richtung, meine Liebe.*

Doch Adam schenkte ihr nur sein umwerfendes und seltenes Lächeln.

„Keineswegs. Für mich gibt es nur die Eine. Ich habe mir nie etwas aus Groupies gemacht, denn deshalb bin ich nicht Schauspieler geworden. Ich liebe die Wandelbarkeit dieses Berufes und nicht die hysterischen Fans. Wenn es nach mir ginge, würde ich diesen Part meines Jobs sofort auslassen.“

Wahre Worte, wie ich wusste.

„Tatsächlich? Aber das eine oder andere Appetithäppchen wird doch dabei für Sie abfallen Adam, oder?“ Dabei stieß June Adam gespielt freundschaftlich von der Seite her an, um ihn damit aus der Reserve zu locken. Phil hingegen beobachtete das alles nur minder begeistert, denn ein gutaussehender Mann wie Adam konnte schon bei so manchem unsicheren Kerl etwas wie Neid oder Eifersucht hervorrufen. *So wohl auch bei Phil.*

Es folgten noch weitere, zweideutige Fragen, doch Adam ließ June damit ins Leere laufen. Eher war es so, dass Adam sie mit gekonnten Spitzen bezüglich ihres Verhältnisses zu Phil ein wenig in ihre Schranken weisen konnte. Wann immer das Thema aber auf die kleine, verantwortungslose Schwester April kam, kannte Adam kein Erbarmen und ließ sich auch nicht eines Besseren belehren. *Hach …*

Nacheinander tischte June drei Gänge auf. Erst eine selbstgemachte Tomatensuppe, anschließend Fischfilet mit kleinen Kartoffeln und zum Nachtisch gab es schließlich Paradiescreme. Sie war nie eine große Köchin gewesen, aber sie gab sich Mühe. Allerdings sackte mit fortschreitender Stunde meine Laune immer mehr in den Keller. Phil brachte kaum ein vernünftiges Wort heraus und June versuchte immer wieder, aus Adam herauszubekommen, was er eigentlich an mir leiden mochte, weil sie sich das offensichtlich überhaupt nicht erklären konnte. Als sie dann schließlich zum gefühlt zehnten Mal auf der Sache mit dem Dark Room herumritt, konnte ich mich nicht mehr länger zurückhalten.

„Weißt du was, June? Nur, weil du der Meinung bist, dass Sex vor der Ehe eine Schande ist, heißt das nicht, dass es nicht sogar vernünftiger ist. Wer will schon die sprichwörtliche Katze im Sack kaufen?“ Wütend blitzte ich meine Schwester an und warf auch einen anspielenden Blick in Richtung Phil, obwohl ich eigentlich wusste, dass June es nicht wirklich böse meinte. *Oder?* Wie gewohnt konnte June aber weitaus weniger gut einstecken als austeilen. Sie stand auf, stemmte die Hände auf den Tisch und keifte postwendend zurück.

„Wie kannst du es wagen! Schließlich führen Phil und ich eine vorbildliche Ehe, was man von dir nicht behaupten kann. Nichts für ungut, Adam, aber April kann wirklich nichts Vernünftiges vorweisen in ihrem Leben.“ Ich konnte gar nicht sagen, wie sehr mir diese alte Leier auf den Sack ging.

„Vorbildliche Ehe? June, dass ich nicht lache."

„Ja, sehr wohl. Oder könntest du dir einen liebevolleren Ehemann vorstellen?"

Liebevoll? Wenn Liebe wirklich blind machte, dann war meine Schwester wirklich schwer verliebt und ordentlich erblindet.

„Liebevoll? Er mag vielleicht einen guten Job haben, aber darf ich dich an die Sache mit dem Stripclub erinnern?"

Sobald ich es ausgesprochen hatte, tat es mir auch schon leid. Ich hatte nicht gewollt, dass June derart vorgeführt wurde und auch nicht, dass der erste Abend mit Adam bei meiner Familie gleich eskalierte. Doch irgendwann war das Maß voll gewesen und ich konnte mich nicht mehr im Zaum halten. Als er seinen Namen vernommen hatte, meldete sich sogar Langweiler Phil plötzlich zu Wort.

„Na hör mal, April. Das mit dem Stripclub war rein dienstlich. Schließlich musste ich jemanden beschatten!"

Schon klar. Abend für Abend, während June immer versucht hatte, Phils Abwesenheit zur rechtfertigen, obwohl sie selbst wusste, dass es dafür keine vernünftige Erklärung mehr gab. Ich öffnete den Mund, sah hinüber zu Adam, der kaum merklich den Kopf schüttelte, und schluckte im letzten Moment die nächste Gemeinheit, die mir auf der Zunge lag, hinunter. *Grandiose Vorstellung, April*, schalt ich mich selbst.

Am Ende kam ich zu dem Schluss, dass es besser war, dieses Fiasko an Treffen vorzeitig abzubrechen, wie so oft. Daher stand ich auf und sagte in resignierendem Tonfall:

„Gut, also dann werden wir jetzt besser gehen. Danke für das Essen." Adam tat es mir gleich und folgte mir in den Flur hinaus. Allerdings machte er noch einen kleinen Abstecher zur Toilette, während ich meine Schuhe anzog. Da fiel mir ein kleiner, weißer Zettel ins Auge, der deplatziert auf dem Teppichboden lag. Ich hob ihn auf und las:

Dark Room. Freitag. 19:00 Uhr.

Beinahe wäre mir mein Essen wieder hochgekommen. Wo kam diese Notiz plötzlich her? Noch ehe ich meinen Gedanken zu Ende denken konnte, stand June auch schon vor mir, um uns zu verabschieden. Ihre Miene war immer noch eisig, dennoch konnte sie nicht über ihren grundsätzlich anständigen Schatten springen.

„Was hast du da? Was ist los? Du siehst ja aus, als hättest du einen Geist gesehen?"

Ich war mir nicht sicher, was ich darauf antworten sollte. Außerdem hätte ich nie geglaubt, dass der Tag noch schlimmer hätte werden können. *Denke sowas nie, April, denn es kann immer schlimmer werden* … Daher hielt ich June den Zettel ohne ein weiteres Wort hin, da mir der Schock die Sprache verschlagen hatte. June benötigte nur den Bruchteil einer Sekunde, um die Situation zu erfassen.

„Wem gehört dieser Zettel?"

Ich zuckte nur mit den Schultern.

„Und wo ist Adam?" Ein Fingerzeig in Richtung Badezimmer genügte.

„Oh Gott, April. Meinst du etwa, er hat die Notiz aus Versehen gerade verloren? Denkst du, er hat ein weiteres Date an diesem schandhaften Ort?"

Ich wusste nicht, was ich meinte oder dachte. Fakt war, dass der Zettel aus Unachtsamkeit auf dem Boden gelandet war, ausgerechnet an der Stelle, wo Adam gerade noch mit mir gestanden hatte. Er kannte den Dark Room und es war natürlich auch nicht auszuschließen, dass er wieder dorthin ging. Schließlich hatten wir keine offizielle Beziehung, und er war ein freier Mann. *Erklär das mal deinem Herzen, April.*

Purer Schmerz war es, den ich plötzlich in meiner Brust verspürte. Ich hatte mir so sehr gewünscht, dass ich diesmal nicht auf den falschen Mann setzen würde. Trotzdem konnte ich dieses kleine Indiz nicht schönreden. Es fühlte sich an wie Betrug und das ließ sich nicht leugnen.

Er kann dich nicht betrügen, wenn ihr kein Paar seid, erinnerte ich mich schonungslos.

Aber er hat gesagt, dass er dich liebt. Engelchen und Teufelchen hatten sich auf meinen Schultern einen erbitterten Kampf angesagt. Junes Blick sprach Bände und tatsächlich vermochte ich etwas wie Mitleid zwischen ihren sonst so harten Zügen zu erkennen. Sie strich mir geistesabwesend kurz tröstend über den Oberarm, als Adam auch schon aus dem Bad zurückkam. Auch er schien sofort die veränderte Atmosphäre zu spüren. Zwar waren June und ich vorher im Esszimmer auch nicht herzlich miteinander umgegangen. Doch nun hüllte arktische Kälte das Innere des Harris-Hauses ein, die sich allem Anschein nach gegen Adam richtete.

Er verabschiedete sich von Phil und June, während ich schon nach draußen ging. Mit hängenden Schultern blieb ich draußen stehen und wartete, ehe weiteres Unglück über mich hereinbrach, den Zettel immer noch fest umklammert. Erst, als die Haustür hinter uns ins

Schloss fiel, brach Adam ohne Umschweife unser Schweigen.

„Baby, was ist los?“

Deutlich konnte ich die Strenge in seinen düsteren Zügen sehen. Was sollte ich tun? Einfach nichts? Ihn stattdessen anschreien oder einfach beleidigt sein? Noch ehe ich eine Entscheidung fällen konnte, nahm Adam mir die Notiz, die ich verkrampft festhielt, ungefragt aus der Hand.

„Woher hast du das?“, donnerte er los. War das nun ein indirektes Schuldbekenntnis, weil ich ihn ertappt hatte, oder warum war er derart wütend auf mich?

„Ich habe es gefunden.“

„Schön. Und wo?“

„Drinnen im Flur, als du im Bad warst.“

„Aha. Soll das ein Scherz deiner eingebildeten Schwester sein, oder was geht hier vor?“

„Sprich bitte nicht schlecht über sie. Sie hat es verdient, trotzdem möchte ich das nicht.“ Ich hatte Adam noch nie so aufgebracht erlebt. Außer sich schritt er vor mir auf und ab, rang mit sich und den Worten, die zu sagen, er nur schwer übers Herz brachte.

„April, wach endlich auf! Das da drin ist keine richtige Familie. Eine Familie lauert nicht ständig darauf, dass du auf die Schnauze fällst. Sie unterstützt dich, vorbehaltlos. Und was dieses Ding hier angeht …“, damit wedelte er vor mir mit dem kleinen, weißen Stück Unglück herum, „… für dich ist klar, dass der Zettel nur mir gehören kann. Du hast dir dein Urteil längst gebildet, so wie du mich ansiehst. Du hast dich sofort von mir distanziert, ohne mich danach zu fragen.“ Jetzt war es an mir, aus der Haut zu fahren.

„Was, bitte, soll ich denn denken? Dass du dir für alle Fälle einen Termin im Dark Room offen hältst? Dass du jetzt, nachdem du weißt, wie meine Familie tickst, keine Lust mehr auf uns hast?“ Damit war ich definitiv noch einen weiteren Schritt zu weit gegangen. *Meilenweit.* Adam kam bedrohlich auf mich zu und würde ich ihn nicht besser kennen, ich wäre wohl zurückgewichen vor seiner wütenden Aura.

„Erstens: Ich lasse mich nicht anschreien, verstanden? Von niemandem. Und zweitens, wenn du so eine schlechte Meinung von mir hast, dann ist es besser, wir beenden das hier. Mach’s gut.“ Und noch ehe ich hätte reagieren können, stieg Adam auf sein Quad, warf den Motor an und war auch schon aus der Straße verschwunden. *Und aus meinem Leben …*

Wie konnte sich dieser miese Abend nun auch noch in eine absolute Katastrophe verändern? In nur wenigen Augenblicken? Die Flut an Emotionen, die mich überrollte, brachte mich zum Taumeln. Ich war nicht fähig, den unbändigen Schmerz, die Wut auf mich, June und auch Adam sowie die Machtlosigkeit, die ich empfand, gleichzeitig zu verarbeiten. Doch zurück ins Haus konnte und wollte ich auch nicht. Daher blieb ich einfach nur stehen, bis meine Beine ihren Dienst wieder aufnahmen und trabte schließlich enttäuscht und zu tiefst verletzt die Straße entlang, bis zur nächsten Bushaltestelle. Letztlich schleppte ich mich zu Hause, am Ende meiner Kräfte, nach oben in meine kleine Wohnung, warf mich aufs Bett und brach hier im Stillen weinend zusammen. *Love hurts …*

Kapitel 14
Adam

Noch nie war mir jeder Tag, jede Stunde, ja sogar jede Minute derart lang vorgekommen wie seit dem Tag, als ich April vor dem Haus ihrer Schwester stehengelassen hatte. An jenem Abend war mein Herz gebrochen. Bisher hatte ich immer vermieden, dass sich jemand in mein Innerstes Gefühlsleben schlich. Vermutlich schlichtweg auch deswegen, weil es zuvor nie eine Frau wie April Baker gegeben hatte. Doch meine Elfe hatte sich von mir distanziert, hatte beschlossen, dass ich es nicht wert war, dass man mir vertraute.

Ohne mich zu fragen, hatte sie automatisch angenommen, dass dieser beschissene Notizzettel mit dem Termin im Dark Room kommende Woche von mir war. Dabei hätte ich nie auch nur einen Gedanken an eine andere Frau verschwendet, seit es April in meinem Leben gab. Sie war mein Ein und Alles. Leider war ich das nicht für sie gewesen. *Vielleicht niemals.*

Am Set versuchte ich ihr, so gut es ging, aus dem Weg zu gehen. Und auch April verhielt sich wie ein scheues Reh, wenn sich unsere Wege doch unverhofft kreuzten. Jedes Mal, wenn ich sie ansah, dann brachte mich der Schmerz in meiner Brust beinahe um. Schmerz darüber, dass meine Kleine mich aus ihrem Herzen verbannte, darüber, dass ich mich in ihr getäuscht hatte, und auch deshalb, weil ich ihren Anblick kaum ertragen konnte. Ihre Augen waren vom vielen Weinen verquollen, blass und traurig sah sie aus und ich hatte Mühe, mich im

Zaum zu halten und sie nicht unüberlegt zum Trost in meine Arme zu ziehen. *Denn genau dort ist der einzig richtige Platz für meine kleine Elfe, verdammt nochmal.*

Aber das Rad hatte sich gedreht und plötzlich getrennte Wege für uns vorherbestimmt. *Fuck!* Natürlich konnte ich einfach zurückrudern und ver-suchen, dass alles wieder so würde wie zuvor. Doch für mich war Vertrauen die absolut essentielle Basis einer jeden Beziehung mit Zukunft. Ohne Vertrauen lief nun einmal nichts bei mir. Klar, April kannte mich noch nicht lange genug, um sich wirklich sicher sein zu können. Aber statt mit mir zu sprechen, war für April sofort klar gewesen, dass ich sie betrügen würde. *Ich, der mir nie etwas aus Liebe gemacht hat und nun beinahe noch, dank ihr, zum hoffnungslosen Romantiker mutiert ist.*

Wie so viele sah sie insgeheim wohl auch nur den arroganten Arsch in mir, der ich vermutlich auch oft war. Aber bei ihr war es anders. *Alles* … Das war nun jedoch ohne Bedeutung, denn April hatte sich ihr Urteil über mich längst gebildet, und auch ihrer Schwester kam unsere Trennung sicher sehr gelegen. Denn so, wie ich die Sache sah, würde April ohnehin nie den richtigen Mann nach Junes Vorstellungen finden. Und wenn doch, dann würde June in Neid und Eifersucht vergehen. So viel stand fest.

Es hätte mir nichts ausgemacht, dass April eine sehr komplizierte Familie mitbrachte, denn solange wir zusammenhielten, konnte uns auch das scheißegal sein. *Zusammen* … Trotzdem verfolgte mich seit dem Abend vor dem Haus der Harris' immer nur das eine Bild: April, wie sie in sich zusammengesunkenen draußen stand, mit hängenden Schultern. Alleingelassen von mir, dem Menschen, den sie in diesem Moment möglicherweise am meisten brauchte. Als ich die Straße hinunter gebraust war, hatte ich sie noch einmal im Rückspiegel gesehen, den Arm weit ausgestreckt, so, als könnte sie mich dadurch zurückholen. Aber ich war unendlich wütend und hätte niemals umdrehen können. Sie hatte mich verletzt, wenn auch vielleicht nur unbewusst, und damit konnte mein aktuell schutzloses Herz nicht umgehen.

Und nun? Nun war es zu spät. Diese Sache würde auf ewig zwischen uns stehen. April würde mir auch weiterhin nicht vertrauen können und ich dafür bei ihrem geringsten Zweifel ausflippen. Das hatte ich doch nicht verdient, oder etwa doch? Nicht jetzt, wo alles scheinbar ganz von alleine plötzlich seinen schicksalhaften Gang ging. Ich hatte über die Jahre vielen Damen das Herz gebrochen und irgendwie glaubte ich, dass das nun meine gerechte Strafe war. Bereitwillig war ich aufgesprungen auf den rasenden Zug, der mich in Windeseile meiner wahren Liebe entgegenbrachte. *Zu schnell, als dass ich es verarbeiten oder auch überwinden kann*, dachte ich tieftraurig.

Wie dem auch sei, das Leben musste weitergehen, ich wusste nur noch nicht, wie ich das anstellen sollte, ohne meine kleine Elfe. Zum Glück passte meine augenblickliche Stimmung hervorragend zu dem Psychothriller, den wir immer noch drehten, denn wenn einer gerade am Rande zum Irrsinn stand, dann war ich das. *Ach, April …*

April

Unendliche Enge schnürte mir die Brust zusammen, wann immer ich Adam begegnete. Und auch sonst konnte ich seit Tagen keinen klaren Gedanken mehr fassen, geschweige denn, nachts schlafen. Von einer Minute auf die andere war mein Glück zerstört worden. Fort gefahren und damit auf Nimmerwiedersehen aus meinem Leben verschwunden. Immer wieder spielte ich in Gedanken die Stunden durch, die die Wendung in meiner Beziehung zu Adam bedeuteten. Ich wusste, dass ich nicht richtig gehandelt hatte. Doch dieser Zettel sagte alles. *Oder?*

Als ich die wenigen Worte darauf gelesen hatte, war meine Welt zusammengebrochen, und ich hätte es nicht kaschieren können. All meine Zweifel Adam gegenüber waren plötzlich Realität geworden. Ich zweifelte nicht an seiner Zuneigung, jedoch hatte ich nie verstanden, warum er sich mit mir abgab, wenn er doch alle Frauen dieser Stadt haben konnte. Damit meinte ich nicht, dass ich es nicht wert war. Aber ich verkörperte, durch meinen etwas anderen Geschmack, nicht das Bild der typisch amerikanischen Modelfrau. Ich war nicht blond, scherte mich nicht um das, was andere dachten, und die meisten Menschen gingen mir gehörig gegen den Strich. *Nicht gesellschaftsfähig, ganz einfach.*

Das alles ergab einfach keinen Sinn und die Tage verschwammen zu einem tristen, farblosen Einheitsbrei. Manchmal wusste man eben erst, was man hatte, wenn man es verlor. *Was für ein Bullshit!* Ich wusste genau, was ich an Adam hatte. Meinem missmutigen, dunklen Engel, der mir ähnlicher war, als ich es mir eingestehen wollte. *Zu spät ist zu spät.*

Nach getaner Arbeit hatte ich mich jeden Abend in meiner Wohnung verbarrikadiert. Warum sollte ich jemandem gute Laune vorspielen oder etwas aufrechterhalten, das es nicht gab? Ich hielt gerade immer so lange durch, wie es bezüglich des Films nötig war.

Aber danach, hinter verschlossener Tür, bröckelte regelmäßig meine provisorisch aus Schutt erbaute Fassade und ich weinte bis spät in die Nacht. Ich schottete mich ab, reagierte nicht auf Anrufe oder Nachrichten und war froh, niemanden sehen zu müssen. Die wenigen Momente, an denen ich Adam untertags nicht aus dem Weg gehen konnte, schubsten mich immer näher an den Rand der Klippe, die mein Durchhaltevermögen darstellte.

Heute war es wieder besonders schlimm gewesen, Adam zu sehen, für einen Bruchteil in seine eisblauen Augen zu blicken, in denen ich auch glaubte, einen gewissen Schmerz zu erkennen. Aber auch Wut und vielleicht sogar Verachtung waren es, die mir ungeschönt entgegenschlugen. Daher war ich, so schnell wie möglich, nach Hause gefahren und hatte mich im Jogginganzug unter eine dicke Decke auf die Couch gekuschelt. Leise Musik begleitete meine Gedanken, die sich auch jetzt nur um Adam drehten, als es an der Tür klopfte. Ich machte keine Anstalten, diese zu öffnen. Es klopfte und klingelte. Da ich niemanden erwartete oder sehen wollte, blieb ich weiter in meiner Lethargie sitzen. Vehement blieb es dabei: Lautes Hämmern gefolgt von nervtötendem Klingeln, sodass ich schließlich rief: „Wer auch immer du bist, geh weg!"

Plötzlich Stille. *Na endlich. Vielleicht wieder einer der Nachbarn, der ein schwerwiegendes Problem hat, weil ihm eine Tasse Mehl oder dergleichen fehlt*, dachte ich gehässig und widmete mich wieder meinem Selbstmitleid. Doch mein Besucher kannte keine Gnade. Klopfen und Klingeln in taktvoller Melodie. Wieder rief ich, so laut wie ich konnte, doch ohne Erfolg, bis ich unerwartet eine Antwort bekam:

„April, ich bin's, Melly. Jetzt mach schon auf! Hörst du? Oder ich trete die Tür ein."

Kurz überlegte ich, es darauf ankommen zu lassen, als sich mein schlapper Körper auch schon auf die Beine geschwungen hatte, um meine beste Freundin hereinzulassen. Noch nie hatte ich mich so müde und ausgelaugt gefühlt wie jetzt. Ich schleppte mich zur Tür und wappnete mich innerlich schon auf die Standpauke, die nun folgen würde. Noch einmal tief durchgeatmet, dann fügte ich mich meinem Schicksal und öffnete ihr.

Melly war deutlich anzusehen, wie wenig begeistert sie von meinem Verhalten in letzter Zeit war. Offensichtlich hatte sie sich längst die Worte zurückgelegt, die sie mir nun an den Kopf werfen wollte. Da ich es wahrscheinlich auch verdient hatte, lächelte ich sie lediglich zaghaft an. Von einer Sekunde auf die andere schien jedoch jegliche Wut auf mich verpufft zu sein, als Melly mich sah.

„Mein Gott, April. Wie siehst du denn aus?" Dabei wollte sie mich nicht oberflächlich kritisieren. Nein, meine Freundin hatte mit einem einzigen Blick erfasst, wie es in meinem Inneren aussah. *Traurig und leer.* Ohne darauf zu warten, dass ich sie hereinbat, trat sie näher und nahm mich einfach ungefragt in ihre Arme.

„Süße, ich hatte ja keine Ahnung." Melly fühlte instinktiv, dass dies nicht der Zeitpunkt war, mich auszufragen. Daher hielt sie mich nur fest und wartete, bis sich mein Körper etwas entkrampfte und ich mich auf ihren Trost einlassen konnte. Leider brachen damit auch wieder alle Dämme. So weinte und schluchzte ich hemmungslos an der Schulter meiner besten Freundin. Geduldig streichelte und tröstete sie mich, bis ich alles, nach weiß Gott wie langer Zeit, endlich wieder etwas mehr unter Kontrolle hatte.

„So ist es gut. Lass alles raus. Komm, jetzt setzen wir uns erstmal.“ Melly schloss die Tür und führte mich zurück zur Couch, wo wir beide Platz nahmen.

„Möchtest du etwas trinken?“, brachte ich leise hervor.

„Nein, Schatz. Ich hole mir schon was, wenn ich etwas will. Danke.“ Während Melly sitzend Jacke, Schal und Schuhe ablegte, verkrümelte ich mich wieder unter meine Decke. Ich konnte gar nicht sagen, wann ich mich jemals so elend gefühlt hatte. Verheult, im Gammel-Look und wenig ansprechend. Ganz zu schweigen von meinem innerlichen Zustand. Eine Weile saßen wir einfach nur da, lauschten der Musik und Melly kochte uns später sogar noch zwei große Tassen Kakao. Keine Fragerei, nur seelische Unterstützung. Das war alles, was ich benötigte. So lange, bis ich von selbst mein Schweigen brach: „Weißt du, was das Schlimmste ist?“

„Was denn, Süße?“

„Ich habe ihm meinen Körper, mein Herz und sogar meine Seele geschenkt. Er hat nicht danach verlangt, doch ich habe alles bereitwillig in seine Hände gelegt. Und nun habe ich das Gefühl, nicht mehr zu existieren, denn alles ist noch bei ihm.“ Es war nicht nötig, Namen zu nennen oder mehr zu erklären. Mellys mitfühlender Blick sprach Bände.

„Du liebst ihn. Sehr sogar.“

Ja, das tat ich. Mehr, als alles andere auf der Welt. Ich nickte nur.

„Aber was nützt es mir? Ich habe alles verloren. Sei es durch meine eigene Schuld oder weil er mein Vertrauen nicht verdient hat. Weg ist weg.“ Melly rückte näher und nahm meine Hand in ihre.

„Schatz, es ist niemals zu spät. Jetzt lass uns doch erst einmal alles genau durchgehen. Vielleicht kann ich dir als Außenstehende ja helfen.“ Eigentlich wollte ich nicht schon wieder haarklein darüber nachdenken, das hatte ich schon tausendfach getan. Trotzdem tat es gut, meinen Grübeleien endlich eine Stimme zu verleihen. Daher überwand ich mich, Melly noch einmal alles im Detail zu erzählen, was sich am Abend bei June zugetragen hatte. Ohne mich zu unterbrechen, hörte sie sich alles an, bis ich schließlich an dem Punkt endete, als Adam es nicht erwarten konnte, schnellstmöglich aus meinem Leben zu verschwinden.

„Meine arme Maus. Jetzt verstehe ich einiges besser.“

„Es ist hoffnungslos, wie ich schon sagte. Denn selbst wenn wir wieder zueinander finden würden, hätten wir dennoch keine Zukunft, wenn wir einander nicht vertrauen und ich obendrein Gefahr laufe, dass er mich bei der nächsten Gelegenheit austauscht.“

„Du glaubst also, dass er dich längst überwunden hat?“

Glaube ich das?

„Nein. Eigentlich glaube ich das nicht. Denn, wann immer ich Adam sehe, sehe ich auch die schmerzliche Sehnsucht hinter der Wut, die er gut zu verbergen versucht. Trotzdem hat er uns wohl längst aufgegeben. Dagegen bin ich machtlos.“

„Das glaube ich nicht“, brach es aus Melly heraus.

„Was macht dich da so sicher?“

„Ganz einfach: Alles, was du mir erzählst, klingt für mich nicht danach, als ob du für ihn nur ein praktischer Zeitvertreib warst. April, er hat dich zu seinen Eltern mitgenommen, hat June bereitwillig ertragen und vor ihr zu dir gehalten. Nicht zu vergessen, dass er dir seine

Liebe gestanden hat. Das macht man nicht bei jedem beliebigen One-Night-Stand, oder?"

Wie gerne würde ich glauben, was Melly mir hier versuchte zu sagen. Dennoch hatte Adam mich, ohne mit der Wimper zu zucken, weggeworfen, mir keine Gelegenheit gegeben, darüber zu reden. Wobei ich auch zugeben musste, dass ich zu diesem Zeitpunkt und in meiner hysterischen Verfassung zu keinem vernünftigen Gespräch fähig gewesen wäre.

„Kann sein", räumte ich schließlich ein. „Aber warum geht er dann nicht auf mich zu, wenn ich ihm angeblich auch fehle? Erkläre mir das."

„Ganz einfach. Ihr seid beide zutiefst verletzt und obendrein stur. Da wird es schwer, dass einer von euch den Anfang macht."

Hmmm ..., gutes Argument.

„Was schlägst du also vor?"

„Ich würde sagen, als erstes checkst du mal dein Handy. Dabei ignorierst du am besten die hundert Mitteilungen, die ich dir geschickt habe, und schaust nach, ob du nicht doch ein Lebenszeichen von Adam hast."

Diese Spitze hatte ich in jedem Fall mehr als verdient. Mit zitternden Händen holte ich das Handy aus meiner Handtasche, wohin ich es zuletzt verbannt. Ich vermied es tunlichst, es zu beachten, da ich die immer wiederkehrende Enttäuschung nicht ertragen konnte, dass Adam sich nicht meldete, obwohl er mittlerweile meine Nummer hatte. Für einen Moment schloss ich die Augen, atmete noch einmal tief durch und sah der Realität ins Gesicht. *Wow!*

Tatsächlich befanden sich einhundertsiebenundvierzig Mitteilungen im Eingang. Davon waren einhundertdreißig von Melly und der Rest, bis auf eine, von

Calvin. Dazu gesellten sich noch viele Anrufe in Abwesenheit, von denen jedoch auch keiner von Adam kam. Mein Herz sackte erneut in den Keller. Doch die eine Mitteilung, die nicht von Melly oder Calvin kam, machte mich stutzig. Sie war erst wenige Minuten alt. Ich las laut vor:

Phil ist nicht zu Hause. Es ist 19:00 Uhr. Angeblich ein Einsatz. June.

Melly starrte mich an. Mir blieb der Mund offen stehen. Ohne ein weiteres Wort ahnten wir beide, was das zu bedeuten hatte. Und plötzlich wusste ich, was zu tun war. Ich sprang auf, und eilte ins Bad. Es war Freitag und das konnte nur eines bedeuten. Und ein letzter Hoffnungsschimmer erhellte meine geschundene Seele …

Kapitel 15
Adam

Ein weiterer, trister Abend im Hotel. Allein. Einsam und wütend auf mich selbst. Ich war wütend, weil ich April keine Chance gegeben hatte, mir ihre Zweifel zu erklären, wütend, weil ich nicht über meinen Schatten springen und auch nicht mit meinen Gefühlen umgehen konnte. Und wütend, weil mich meine kleine Elfe so sehr um den Verstand brachte. Immer, zu jeder Stunde, an jedem verdammten Tag. Ich liebte April und die Intensität meiner Liebe drohte mein Herz zum Platzen zu bringen. Doch sie hatte mich aufgegeben und der Schmerz über ihren Verlust vernebelte mir die Sinne.

Das blödsinnige Programm im Fernsehen, Zappen von einem Sender zum nächsten, machten meine Laune auch nicht gerade besser. Wann hatte ich das letzte Mal einfach nur zu Hause gesessen und nichts getan? Das war ewig her. Am liebsten hätte ich auf irgendetwas eingeschlagen, vorzugsweise auf mich selbst. Aber würde es etwas nützen? *Shit!*

Vorhin hatte ich mir daher eine Pizza vom Zimmerservice bestellt, die jeden Moment eintreffen sollte. Mein Selbstmitleid ging mir dermaßen auf die Nerven, da es alles nur noch schlimmer machte. *Romantischer Idiot.* Ich hatte nie an die große Liebe geglaubt und wollte mich auch nicht verlieben. *Dieser Kitsch ist für andere gemacht.* Und nun hing ich hier herum, mit gebrochenem Herzen, ohne noch einen Sinn in allem zu sehen.

Ein vertrautes Pling aus Richtung des Aufzuges kündigte an, dass der Zimmerservice es endlich geschafft hatte, meine Pizza zu bringen. Gleichgültig schwang ich mich von der Couch, um mein Essen entgegenzunehmen. Der junge Mann vom Service schob den Wagen aus dem Lift und sah mich entschuldigend an, was mich sofort misstrauisch machte.

„Was ist? Keine Pizza?“

„Oh doch, Mr. Mars. Es ist nur, ich …“

„Jetzt spucken Sie es schon aus“, donnerte ich los. Meine ohnehin schon kaum vorhandene Geduld neigte sich dem Ende zu.

„Ich habe versucht, sie abzuwimmeln, aber sie meinte, es ginge um Leben und Tod. Wenn Sie wünschen, rufe ich natürlich sofort den Sicherheitsdienst.“

Wie bitte, was? Ich hatte wirklich kein Interesse und auch keine Zeit für irgendein nerviges Groupie. Ich nahm die Pizza entgegen, drehte mich um und machte eine wegwerfende Handbewegung, die bedeutete, dass er das Groupie entfernen sollte.

„Warte …“ Eine helle Stimme, der eines Engels gleich, drang in mein Ohr und ließ mein Herz höher schlagen. Stocksteif blieb ich stehen, nicht fähig, mich umzudrehen. *Die Hoffnung stirbt zuletzt.*

„In Ordnung. Dann werde ich nun dem Sicherheitsdienst Bescheid geben. Kommen Sie Miss, das erspart uns allen Ärger. Bitte entschuldigen Sie die Unannehmlichkeiten, Mr. Mars. Ich bringe das rasch in Ordnung.“ Doch ich nahm das alles nur mit einem Ohr wahr, während ich innerlich mit mir selbst rang.

Ruckartig drehte ich mich um. Und da stand sie. Wie gewohnt dunkel gekleidet, mit rosa Lippen, die langen, schwarzen Haar offen tragend, den Pony in die Stirn gekämmt und sah mich mit großen Augen an. Meine kleine Elfe …

„Das ist schon in Ordnung. Ich regele das selbst", hörte ich mich geistesabwesend sagen. Der Mann vom Zimmerservice nickte nur und verabschiedete sich.

„Wie Sie wünschen." Dann fuhr er mit dem Lift nach unten und ließ April und mich alleine zurück.

Unangenehme Stille erfüllte den Raum, brachte alles in meinem Kopf zum Schreien. Sie sah müde aus, meine Kleine. Müde und unsagbar traurig. Doch ich riss mich zusammen und wartete in gebührendem Abstand ab, was April mir zu sagen hatte. Eine kleine Ewigkeit verging, ehe sie endlich die Stille durchbrach.

„Wenn du mich nicht sehen willst, gehe ich wieder. Ich wollte dir nur persönlich sagen, dass ich weiß, dass du mich niemals betrogen hättest. Der Zettel … Ich war zu dumm, zu verliebt, um keine Angst vor einer möglichen Enttäuschung zu haben. Das alles hat mich blind und ungerecht gemacht. Mir war wichtig, dass du das weißt."

Aprils Worte drangen tief in mein Innerstes, durchbohrten die dicke Mauer, die ich um mein geschundenes Herz errichtet hatte. Ein wärmendes Gefühl naiver Hoffnung keimte auf, ohne dass ich es hätte verhindern können, und riss schmerzende Wunden unbarmherzig auf.

„Gut, dann habe ich alles gesagt. Bitte entschuldige die Störung." Damit wandte sie sich zum Gehen, da ich immer noch keine Regung zeigte. *Nein!* Ich musste etwas tun, denn April noch einmal zu verlieren, würde ich vermutlich nicht überleben. *Es geht buchstäblich um Leben und Tod*, wie von April angekündigt. *Meinen Tod …*

„Was meinst du mit war?"

April stockte und drehte sich zurück zu mir.

„Wie bitte?"

Ich sprach in Rätseln und konnte es meiner Kleinen nicht verübeln, dass sie meinen verworrenen Kauderwelsch nicht deuten konnte. Eilig trat ich näher an sie heran, bis ich, nur eine Armlänge von ihr entfernt, stehen blieb.

„Du sagtest, du warst zu verliebt, um keine Angst vor Enttäuschungen zu haben. Du warst zu verliebt?" Unsicher wartete ich, wie der größte Schlappschwanz der Welt darauf, dass sie meinem Herz seinen erwarteten Todesstoß gab. Wenn April mir nun sagte, dass ihre Liebe Vergangenheit war, dann konnte ich mich auch gleich verabschieden. Ein zuckersüßes Lächeln huschte über ihre blassen Züge.

„Ja. Ich war zu verliebt in dich. Was ich nun empfinde, ist keine einfache Verliebtheit. Die Liebe zu dir ist es, die mich heute Abend hierher führt, auch unter dem Risiko, dass du mich nicht sehen willst."

Liebe? April liebt mich? Immer noch? Mein Mund war nicht fähig, die passenden Worte auszuspucken. Daher nahm ich Aprils kleine Hand in meine, streichelte zart mit dem Daumen über ihren Handrücken. Wärme und Geborgenheit durchfluteten meinen Körper, wie immer, wenn ich April berührte.

„Oh, Adam. Es tut mir so unsagbar leid. Der ganze Abend ist so schrecklich verlaufen und meine Zweifel an dir haben es nicht besser gemacht."

„Schhhhh …", unterbrach ich Aprils weitere Entschuldigungen und legte stattdessen meine Lippen auf die ihren. Nie hatte ich mich leichter gefühlt als jetzt, wiedervereint mit meinem Lebensinhalt. Meine Welt, die in den letzten Tagen aus den Fugen geraten war, schien sich mit einem Mal wieder um die richtige Achse zu drehen. Im Einklang mit April … Plötzlich war alles einerlei. Ich brauchte keine Erklärungen, nur die Liebe und Wärme meiner Kleinen.

Ihr leises Schluchzen begleitete unseren sanften Kuss, während ich Aprils Tränen vorsichtig mit dem Daumen von ihrer Wange wischte. Dann zog ich sie noch enger in meine Arme und streichelte ihr seidiges Haar. April kuschelte sich an meine Schulter und ich gab ihr alle Zeit, die sie benötigte, um ihre Traurigkeit zu überwinden.

„Baby, alles wird gut. Ich verspreche es. Ich war ein arroganter Idiot, nicht fähig, kritisiert zu werden, und zu enttäuscht darüber, dass du nur den fiesen Mistkerl in mir sehen konntest.“ April schreckte hoch.

„Aber nein! Adam, ich habe noch nie einen Mistkerl in dir gesehen. Okay, nicht, seit ich dich wirklich kenne. Du bist der liebevollste, ritterlichste und beste Mann, dessen Liebe sich eine Frau nur wünschen kann. Und das bisschen Arroganz darfst du dir erlauben“, fügte April noch schmunzelnd hinzu.

„Meine kleine Hexe“, neckte ich sie liebevoll.

„Kannst du mir meine Unsicherheit verzeihen, Adam?“, entgegnete April, nun wieder ganz ernst.

„Nur unter einer Bedingung.“

April wurde noch blasser, als sie es ohnehin schon war.

„Ja?“

„Ich verzeihe dir …, wenn du mir auch verzeihst, Baby, dass ich solch ein Idiot war.“

April strahlte und fiel mir erneut um den Hals.

„Aber natürlich verzeihe ich dir. Du bist schließlich mein liebster Idiot.“

Der Kuss, der nun folgte besiegelte unsere Liebe auf ein Neues und galt gleichzeitig als Startschuss für eine wundervolle, gemeinsame Zukunft voller Vertrauen und ohne Hintergedanken.

„Ich liebe dich, meine kleine Elfe.“

„Ich dich auch, mein dunkler Engel.“

Epilog
April

Ein Jahr später.
Unglaublich viel hatte sich in dieser Zeit zugetragen, ja sogar grundsätzlich geändert. Ich hatte meinen dreißigsten Geburtstag endlich hinter mich gebracht und fühlte mich wieder einmal darin bestätigt, dass man im Leben nun einmal nichts erzwingen konnte. Es hatte keinen Sinn, dem Glück hinterherzurennen, denn es konnte erfahrungsgemäß viel schneller laufen als man selbst. Wenn man aber innehielt, dann war es möglich, dass es sich heimlich, still und leise auf einem niederließ wie ein zarter Schmetterling.

Dreißig war für meine Schwester June immer die magische Grenze gewesen, bis zu der ich mein Leben nach ihren Vorstellungen geregelt haben sollte. Tatsächlich hatte ich jedoch nie wirklich daran gearbeitet und mich schon gar nicht unter Druck setzen lassen. Dennoch hatte ich es irgendwie geschafft, dass mein Leben eine gewisse Eigendynamik entwickelte und dafür sorgte, dass alles seinen vorherbestimmten Gang ging. Ich war der Meinung, dass wir das Schicksal ohnehin nicht beeinflussen konnten, denn es war wie ich: eigensinnig und stur, und es tat sowieso immer, was es wollte.

Adam hatte mir verziehen und mich zu der glücklichsten Frau auf der Welt gemacht. Mein griesgrämiger, arroganter Schauspieler bereitete mir täglich den Himmel auf Erden. Wir liebten und wir zofften uns leidenschaftlich und alles hätte nicht schöner sein können. Nicht, bis zu dem Tag, als Adam mich während des großen Weihnachtsessens in Kanada bei seinen Eltern bat, seine Frau zu werden. Adams Mutter Abigail hatte vor Schreck doch glatt den Nachtisch fallen lassen und auch sein sonst so beherrschter Vater schien für kurze Zeit die Fassung zu verlieren. Ja, und ich? Ich hatte mir Adam Mars ungewollt geangelt, den Mann, mit dem ich nun mein Leben bis zu dessen Ende verbringen wollte, und selbstverständlich „Ja“ gesagt. *Adam Mars!*

Ich war nie auf der Suche nach Liebe oder der Ehe gewesen und keines davon war je mein Ziel. Dennoch konnte ich heute sagen, dass verheiratet zu sein einfach wunderbar war. Ich liebte es, die Frau an Adams Seite zu sein und das geborgene Gefühl der Zusammengehörigkeit war eines der schönsten auf Erden. Ich konnte es jedem nur empfehlen.

Geheiratet wurde natürlich ganz traditionell unkonventionell, wie man es sich von uns vorstellen konnte, mitten in den kanadischen Wäldern. Ich hatte die Menschen und ihre Art zu leben dort fest in mein Herz eingeschlossen und den Respekt vor ihrem Lebensmittelpunkt, dem Wald, praktisch in mich aufgesaugt. Für mich gab es keinen schöneren Ort als die unendlichen Wälder Kanadas. Und so arrangierte Adams Familie ein atemberaubendes Fest auf ihrem Gut, sobald der Winter gewichen war. Der wahrhaftig schönste Tag meines Lebens, bis dahin. *Kitschig, aber auf jeden Fall richtig.* All unsere Verwandten und Freunde waren gekommen, und ich staunte nicht schlecht, wie groß Adams Familie tatsächlich war. Alle nahmen mich mit offenen Armen auf und so kam es, dass ich, die, die schon lange wenig familiären Halt hatte, plötzlich vom Schicksal eine neue Familie geschenkt bekommen hatte.

Natürlich war auch June unserer Einladung gefolgt und mit von der Partie. Allerdings nicht mit der ganzen Familie in gewohnter Vierer-Besetzung, sondern alleine mit den beiden Jungs George und Bill. In ihrem verbissenen Streben, ihren Traum von einer heilen Vorzeige-Familie aufrechtzuerhalten, hatte sie sich viel zu lange von Phil an der Nase herumführen lassen. Es hatte sich herausgestellt, dass er es tatsächlich war, der inspiriert von meiner Erfahrung dort, kurzerhand auch ein Ticket für den Dark Room erworben hatte. Und obwohl June viele der Ungereimtheiten ihrer Ehe in den letzten Jahren brav geschluckt hatte, war Phil diesmal zu weit gegangen. June warf ihn hochkant aus ihrem Vorstadthaus und machte ihm unmissverständlich klar, dass es für ihn keinen Weg zurück gab. Damals hatte sie mir unendlich leidgetan, denn auch ihr Ego hatte beachtlich gelitten. Außerdem war es schließlich nicht leicht, sich einzugestehen, dass man jahrelang blind den falschen Weg eingeschlagen hatte. Doch sie war so versessen darauf gewesen, nach dem Tod unserer Eltern endlich die perfekte, eigene Familie zu gründen, dass sie dabei übersah, welchen hinterhältig betrügenden Mistkerl sie sich dafür erwählt hatte.

June kam mit der Zeit darüber hinweg und erkannte, dass man eben nichts erzwingen konnte. Und wer konnte es schon wissen, vielleicht war ja auch der eine oder andere Kanadier für sie aus Adams Familie dabei, zumindest hatte ich da so manches hinter vorgehaltener Hand munkeln hören. Was auch immer die Zukunft für June bereithielt, ich gönnte es ihr von Herzen und würde hinter ihr stehen, auch wenn sie das die letzten Jahre nicht immer für mich getan hatte. Sie war der letzte, blutsverwandte Teil meiner Geburtsfamilie und hatte für mich gesorgt, bis ich selbst dazu im Stande war. Das würde ich ihr nicht vergessen.

Aber auch hier bei uns hatte sich vieles grundsätzlich geändert. Adam und ich, die bislang allenfalls für uns beide allein verantwortlich waren, bekamen bald schon unser schönstes Geschenk. Das Schicksal hatte uns gezeigt, worin das wahre Glück im Leben bestand: Wenn das eigene Kind die kleine Hand um den Finger der Eltern schloss. Ja, wir durften uns schon im Jahr nach der Hochzeit Mama und Papa nennen. Dabei hatte man es obendrein vielfach gut mit uns gemeint, denn im Sommer wurden wir gleich mit zwei wundervollen Babys beschenkt. Angel und Aiden machten unsere Liebe und das gemeinsame Leben perfekt und wenn ich mir heute etwas wünschen dürfte, dann, dass alles für immer so blieb, wie es jetzt war.

Ich war eine verheiratete Frau, Mutter von bezaubernden Zwillingen und somit offiziell die glücklichste Frau auf diesem Planeten. Natürlich war es nicht immer leicht, die Ehefrau eines bekannten Schauspielers zu sein, den kaum eine Frau in den U.S.A. von der Bettkante stoßen würde. Doch Adam beschützte seine Familie wie ein Löwe und sorgte auch dafür, dass wir ein einigermaßen normales Leben führen konnten.

Er kaufte uns ein schönes Haus am Meer und gemeinsam machten wir es zu unserem gemütlichen Familiendomizil. *Ja, auch Adam wurde sesshaft und er hatte sich für eine Stadt entschieden. L.A.* Wir besuchten Kanada, so oft es uns möglich war, und Adam achtete sehr darauf, nicht allzu viele Termine anzunehmen, damit ihm immer noch genug Zeit für uns blieb. Ich, für meinen Teil, musste meinen Job als Requisiteurin für den Augenblick erst einmal auf Eis legen. Aber es machte mir nichts aus. Aiden und Angel forderten mich an jedem Tag und ich konnte mir nichts Schöneres vorstellen, als meine Energie von nun an in meine Familie zu stecken. *Mein Geschenk des Himmels.*

Adams Liebe zu mir und seinen Kindern füllte mein Herz an jedem einzelnen Tag mit Glück und zeigte mir immer wieder, wie endlich die Zeit doch für uns Menschen war. Es gab nichts Wichtigeres, als diese mit jenen, die man liebte, zu nutzen, Karriere hin oder her.

Er war der liebste Ehemann und Vater, den ich mir nur wünschen konnte, und wenn ich nachts nach unten in unser Wohnzimmer schlich, konnte ich ihn oft dort auf der Couch vorfinden. Schlafend, mit unseren Kleinen im Arm, die wieder einmal die Nacht durchgeschrien hatten, nur, damit ich etwas Ruhe fand. Er unterstützte mich in unserer Mammutaufgabe, wo es nur ging, und heute wusste ich, dass eines sich unumstößlich bestätigte: *Wunder geschehen …*

-Ende-

Danksagung

Mittlerweile gibt es so viele Menschen, denen ich zu danken habe. Menschen, die mir sehr viel bedeuten und ohne die kein Tag so schön wäre, wie er ist. Ich danke euch allen von Herzen, dass ihr mein Leben mit eurer Liebe, eurer Freundschaft und eurem Vertrauen so unendlich bereichert.

Ich danke: meinem Schatz **Marita Lucas**, meinem bezaubernden Sonnenschein **Biggi Berchtold**, meiner Freundin **Astrid Reinl,** meiner lieben **Vanessa Ostiadal,** meinem Herz **Michaela Ott,** meiner starken Freundin **Marion Matz** und meiner süßen **Jessica Huber** für alles, was ihr für mich seid.

Außerdem möchte ich **meinen Facebook-Mädels und -Jungs** zusätzlich dafür danken, dass wir täglich so viel Spaß auf Facebook zusammen haben und dafür, dass sie mich stets so wundervoll in meiner Sache unterstützen:

Silvia Röttges, Annette Peters, Dominique Brozeit, Monika Forster, Cornelia Reiter, Hanna Gerlach, Nadine Teufer, Sandra Zachert, Marlies Borghold, Nicole Rubach, Kathrin Zimmermann, Natascha Kurz, Martina Scholz, Andra Jaeckel (Danke auch, für deine Vorschläge hinsichtlich Aiden und Angel), Anna Peters, Susi Sonne, Dieter Pechstein, Cindy Kruse, Lisa Playi, Stephanie Bieber, Beate Tinney, Tina Jacobsen, Christina Stöger, Heinz-

Jörg und Jutta Lips, Doreen Steckmann, Marcus und Judith Kepe, Marina Köhler, Alex Sänger, Katja Schmidt, Mori Sittig, Yvonne Fritz, Ines Heindl-Beck und noch vielen, vielen mehr.

Ich habe bestimmt jemanden nicht aufgeführt, jedoch niemals vergessen. Fühlt euch bitte alle herzlich gedrückt.

Ich danke außerdem meiner wundervollen **Lektorin Dorothea**, die sich so viel Mühe mit mir und meinen Texten gibt. Deine hingebungsvolle Arbeit macht meinen Traum vom Schreiben lebendig.

Ich danke auch der unglaublich begabten **Marie Graßhoff** für ein weiteres, phänomenal geniales Cover. Deine wundervolle Arbeit unterstützt mich in allem, was ich mir je erträumte.

So und jetzt kommt der familiäre Teil:

Ich danke meiner lieben und stets hilfreichen **Mama** dafür, dass sie für immer mein Zuhause sein wird. Egal wie alt ich bin, zu dir kann ich immer kommen, wenn mir danach ist. Deine Tür steht Tag und Nacht für mich offen. Und ich danke dir auch dafür, dass du dich liebevoll und aufopfernd um Opa gekümmert hast. Bis zum bitteren Ende. Du bist die beste Mutter, die ich mir vorstellen kann, und dafür liebe ich dich.

Mein lieber **Papa**, auch wenn du das hier nicht mehr lesen kannst, möchte ich, dass alle Welt weiß, dass wir dich unendlich vermissen. Du fehlst uns, an jedem Tag, in jeder Stunde. Oft könnte ich deinen weisen Rat sehr gut gebrauchen. Weißt du noch, wie wir immer mit dem Motorrad stundenlang über Landstraßen jagten? Ich liebe dich. Für immer.

Liebster **Opa**, jetzt hast du es endlich geschafft. Kein Leid und kein Schmerz trübt nun dein Leben mehr. Du wirst immer einen ganz besonderen Platz in meinem Leben haben und ich bin unendlich dankbar dafür, dass du uns so lange begleitet hast. Ich hab dich lieb, Opa.

Außerdem danke ich meinem **kleinen Bruder Andreas** dafür, dass er eine absolute Kämpfernatur ist und seine Tagträume real werden lässt. Du bist mein sechs Jahre später geborener Zwilling auf jede Weise und dafür liebe ich dich.

Natürlich danke ich meinem kleinen Liebling **Liam**, der unser Leben unendlich bereichert. Kein Kind auf der ganzen Welt könnte wunderbarer sein als du, mein kleines Tigerchen. Danke auch für deine immerwährende Unterstützung und unbändige Liebe, die du uns zu jeder Sekunde schenkst, denn erst durch dich sind wir komplett. Wir lieben dich. Unendlich.

Und am Ende möchte ich wie immer meinem liebevollen und einmaligen Ehemann **Gerald** danken. Du bist mein Herz, mein Leben. Wir sind wie Yin und Yang und ergänzen uns einfach perfekt. Denn Gegensätze ziehen sich bekanntlich an. Vielen Dank auch für deine kreativen Ideen und dafür, dass du dir alles über meine Romane tagein, tagaus geduldig anhörst, ohne dich je zu beschweren. Mein Bärchi, wir lieben und brauchen dich. Deine Liebe ist meine Ewigkeit.

Weitere Romane von Veronika Engler:

Sexual Healing
Erdbeerhimmel
Lost in Passion – Fabio
Lost in Passion – Adrian
Lost in Passion – Lucas
Wild Pleasure
Black Star Club
My perfect Player
Heart Race – Liebe auf der Überholspur
Single Red Rose
Devils Eyes – Ian und Amy
Loving Star
Sündenmond

11337146R00110

Printed in Germany
by Amazon Distribution
GmbH, Leipzig